Las mujeres de la familia Medina

NOVELA | Berenice

MARÍA FORNET

Las mujeres de la familia Medina

www.editorialberenice.com

Primera edición: noviembre de 2019

Colección Novela

Director editorial: Javier Ortega
Edición de Nerea Riesco
Maquetación: Ana Cabello

Impresión y encuadernación:
Gráficas La Paz

ISBN: 978-84-17954-96-3
Depósito Legal: CO-1615-2019

Impreso en España/*Printed in Spain*

A mi madre y mis Dos Hermanas,
mis mujeres Medina.

Aunque basado en un pueblo real: Dos Hermanas, muchas de las localizaciones de este libro mezclan realidad y fantasía y son por ello imprecisas; ruego así me disculpen los más puristas nazarenos, que esta historia nace del corazón más que de la cabeza y como tal se comporta sobre el terreno.

Los personajes en esta obra

Principales

MANUELA, la hija
DOLORES, la madre
ESTRELLA, la prima
JUANA, la vecina de la finca de toda la vida de Dios
VALME (Y SUS DOS NIÑAS), la mejor amiga de Manuela de aquí del pueblo
REMEDITAS (Y SUS SEIS NIÑOS), la antigua vecina de Manuela allá en el norte
ESTEFANÍA y ELVIRA, las dos asistentas de la finca de las mujeres de la familia Medina

Secundarios, pero no por ello poco importantes

DON LORENZO, el párroco de Santa María Magdalena
LA DOCTORA MILAGROS, el médico del pueblo

Solo mencionados, pero aun así muy presentes

TITA INMA
TITO ÁLVARO
ABUELA AMPARO

Otros

MUJERES DE LA PLAZA DE ABASTOS, MUJERES DEL CAMPO, CONDUCTOR DEL AUTOBÚS, CONDUCTOR DEL COCHE, MARIDO DE REMEDITAS, LECHERA, CARTERA, GITANA Y OTROS TANTOS.

Índice

Primer acto

NEGACIÓN

I

Dijeron que cuando la niña nació no se oyó ningún quejido. Tampoco de la abuela al irse, justo a la misma hora en la habitación contigua. Solo las campanas de la iglesia de Santa María Magdalena, con un repiqueteo de vida y muerte, se atrevieron a desafiar el silencio blanco de aquella mañana en la finca de las mujeres de la familia Medina.

Contaba Dolores, la madre, que cuando Manuela abrió los ojos, la abuela cerró los suyos, y fue entonces cuando supo que la había perdido. Y lo supo con la cabeza del alma, que bien decía Dolores que era la única de la que se podía fiar una. Y aunque el dolor fue firme, también lo fue la convicción de que, al morir la abuela y nacer la hija, todo empezaba de nuevo.

Dolores decía que la mañana en que perdió una madre para ganar a una hija el cielo palideció al blanco. Las largas cortinas de los ventanales de la finca permanecían abiertas, como su madre siempre había querido que estuvieran el día en que ella se fuera, porque a la muerte había que enfrentarla a plena luz y de cara lavada, como a la vida, pero estaba el cielo tan sobrecogido que ni el sol se distinguía entre los cristales.

Contaba Dolores que aquella mañana tan solo las llamas de las velas iluminaban la habitación tras la despensa, aquella que siempre fue su cuarto. Recordaba el rojo sangre de los cirios sobre el mármol de la mesita a sus pies, rodeados de las estampas desgastadas de todos sus santos. Las puntas doradas se dilataban y empequeñecían en el reflejo del espejo del fondo, respirando al ritmo de lo que en aquellas habitaciones estaba ocurriendo, acompasadas en un baile de entrada y salida, de fuera y de dentro.

Dijeron que ni madre, ni abuela, ni hija hicieron ruido alguno, porque las mujeres de la familia Medina sabían que de nada servía montar jaleo, y que lo único que se escuchaba eran las letras tibias de la letanía del rosario que Juana rezaba con fe farisaica junto al lecho de la abuela, que contaron que ni lloró ni se quejó de molestia alguna al irse, de la misma manera que no lo hicieron Dolores, la madre, ni Manuela, la hija, a la misma hora y en la habitación contigua. Y que aquel silencio estoico era motivo de orgullo para aquellas mujeres, que no malgastaban en pena ni en miserias, y que aceptaban la vida como la puerta giratoria que ellas sabían que era.

Tantas eran las veces que Manuela había escuchado aquella historia que no sabía ya distinguir qué parte era verdad y qué parte pertenecía a la memoria colectiva de las mujeres de la familia Medina. Era esta una memoria porosa, que con picardía dejaba pasar triunfos y malas suertes, pero que bloqueaba con gracia los pecados y las culpas propias. Pero así se la habían contado y así le gustaba recordarla, pensó Manuela mientras bebía café negro para acabar con aquellas náuseas malditas que venían acompañándola ya por varios días.

Contaba Juana, que era la única que en realidad podía decir lo que sucedió cuando se fue la abuela porque nadie más había con ella, que lo último que la abuela Amparo vio mientras nacía su nieta fue el blanco ondeante de las sábanas colgadas en un cordel sobre el blanco del cielo del fondo, y dijo que pareció sonreír justo antes de cerrar los ojos, aunque Manuela nunca creyó aquella parte, porque Dolores decía que sonreír, a la abuela se la veía sonreír poco. Aunque Manuela pensaba que, puestos a elegir un momento de sonrisa, la muerte sería tan adecuado como cualquier otro, o al menos, eso seguro, el último momento adecuado.

La historia encajaba con la de Dolores, que dijo que todo el mundo vio cómo las sábanas dejaron de ondear justo en el instante en que Manuela vino al mundo y sonaron las campanas de la iglesia de Santa María Magdalena, y que fue eso lo último que ella recordaba de antes de mirar por primera vez a su niña a los ojos, y que allí ya todo cambió, y ya nunca le parecieron del mismo color las sábanas, ni los olores de los cirios del cuarto, ni el aroma de la aceituna que estaba impregnado en cada mueble de la finca, en el cabecero de la cama, en la madera del armario empotrado, en su camisón largo. Ya nada supo igual, ni olió igual, ni tuvo el mismo color que tenía antes de verle a Manuela los ojos.

«Tiene la mirada de una vieja», dijo Juana al entrar y ver que ya enganchaba el pecho, y cuando Dolores subió la frente desde allí, clavada en su colchón que era cama a la vez que cuna, en el mismo en el que ella había venido al mundo, se dio cuenta de que sí, esos ojos eran más de madre que de hija: eran ojos de vieja. Juana asintió, apagó las velas soplando con aire fino y seco y mandó a por más toallas limpias. Las matronas y las sirvientas que habían custodiado el parto abandonaron la habitación para dejar espacio a un dolor que al final nunca vino, porque la abuela ya hacía mucho que había enfermado, aquella enfermedad perversa se lo había comido todo, las entrañas, la cabeza, los dientes, las sábanas, las paredes del cuarto y las relaciones, también le había cambiado el tono a las relaciones, haciendo a Dolores creer que tuvo con la abuela Amparo lo que en realidad no tuvo. Y es que hacía tanto que se había ido que Dolores ya había sufrido hacía mucho el dolor por una muerte que solo acababa de aterrizar en la finca. Así que, cuando por fin Dolores estuvo sola con Manuela, se lo dijo: «Lleva razón Juana: miras justo como lo hacía tu abuela».

Y ahora, ya por fin las dos solas, la madre y la hija, Dolores sonrió. Sonrió lo que no había sonreído en los muchos meses de antes y quizá hasta en algunos años, y notó entonces que ahora todo olía distinto, y sabía distinto, y sonaba distinto. Sintió que el olor a enfermo y a sudor frío se habían ido para dar paso al de la piel nueva. Y siempre dijo que fue verle los ojos y se le cayó el miedo. Que aquel peso que le había crecido en el vientre las últimas cuarenta semanas y que había tomado su calma y su sueño, de repente se volvió ligero. Y ya no le asustó el estar sola. Pensó que sí, que por qué no, que ella iba a poder con aquello. Porque en el fondo, decía siempre Dolores, las mujeres nunca estaban solas, aunque Manuela pensaba al revés, que eso era justo lo que no dejaban de estar nunca.

Y aquello pensaba Manuela mientras se miraba en el espejo los ojos, esos que su madre había dicho que parecían de vieja, y que a ella solo le recordaban lo mucho que se parecían las dos en tanto y lo mucho que se diferenciaban en el resto. En eso pensaba justo antes de encajar la ventana de aquel ático ruinoso para protegerse de la lluvia mientras sujetaba el teléfono, en eso exactamente pensaba cuando soltó el teléfono. Y fue tras colgar a la prima Estrella, mientras se miraba sus ojos de vieja y se acercaba a cerrar la ventana vieja de su viejo ático que lo supo: «Esto va a cambiarlo todo», pensó. Y Manuela estaba en lo cierto.

II

Las llamadas de la prima Estrella siempre traían consigo el temor de algo siniestro. La primera vez que recibió Manuela una de ellas hace ya mucho, mucho tiempo, enseguida supo que aquello no traería nada bueno; y no lo supo con la cabeza del alma, porque Manuela no creía en tanta tontería ni en tanto misterio, lo supo con la cabeza del cuerpo al oír esas palabras a las que siempre había temido tanto: «Tienes que volver», le dijo Estrella hace mucho, mucho tiempo por vez primera; pero Manuela no quiso seguirle el cuento.

No hizo caso en esa ni en las siguientes, porque cuando Manuela escuchaba aquello, que no lo dijo Estrella una vez sino al menos cien a lo largo de aquellos años, notaba de un golpe caer las persianas viejas de su viejo ático, y aquel ruido le traía entonces los cascos de los caballos contra los adoquines desgastados del centro de su pueblo; aquel ruido le traía el sonido de las varas de los jornaleros al mover las ramas de los olivos y zamarrearlas contra el viento; le traía el sonido del portón de hierro forjado en la noche cuando se cerraba la finca con sus grandes candados. «Tienes que volver», le decía Estrella; pero en realidad Manuela escuchaba todo esto de arriba, todo, todo, menos eso.

Fue por eso que esta vez, cuando la prima Estrella llamó, Manuela sabía muy bien lo que venía a decirle. Y ella ya tenía preparada la respuesta, esa que siempre ensayaba ante el espejo redondo y moteado que tenía frente al teléfono, pero fue mientras parecía que iba a llover cuando supo que esta vez no podría decir lo que había contestado siempre: que tenía mucho trabajo, aunque nunca lo tenía, que ya iría una vez cayera el verano y los pájaros se llevaran con su vuelo en uve el calor del membrillo. Pero el tono de la prima Estrella sonaba distinto y fue así que Manuela supo que no podría hablar de pájaros, ni de calor, ni de uves de veranos. Fue por eso que supo que aquella llamada vendría a cambiarle el rumbo a todo lo que antes había dado por cierto.

—Es mamá —dijo la prima Estrella—; es mamá, Manuela. Se nos muere.

Y Manuela no supo qué sentir al escuchar aquello. Quizá porque siempre pensó que su madre sería eterna como lo son las madres siempre, como lo piensan los niños malcriados, que era justo lo que Manuela no era. Pero de alguna forma la idea de su madre viva no maduró con el tiempo, tal vez congelada por la experiencia de no verla; así que cuando oyó a su prima Estrella, aunque ya sabía ella que no podía ser para nada bueno, no supo qué sentir al escuchar aquello.

Pensó en cuando de niña vio a la carnicera estirar la pata en la plaza de abastos, sentada en su silla metálica, con su delantal lleno de sangre y de vísceras de cerdo aplastadas; sentada y dormida con las manitas juntas, sentadita y dormida como una santa, justo al lado de su puesto de carne. Pensó en lo que el corro de mujeres a su alrededor decía: «¡Estaba tan llena de vida! —Se santiguaban—. Nadie podía imaginarse que pudiera pasar esto». Y ella nunca entendió muy bien por qué decían lo que decían entre hipidos y con una pena que a Manuela siempre le pareció algo salida del tiesto, pero ahora justo pensaba en eso, ahora que parecía que iba a llover justo pensaba en que una está llena de vida mientras vive y un día se vacía y ya nos imaginamos el resto.

—No dices nada, Manuela. Reacciona —insistió la prima Estrella—, di algo: ¿Es que no escuchas lo que te estoy diciendo?

Pero en lugar de Manuela, contestó el silencio. No dijo nada, como aquella vez que prima Estrella llamó y dijo que debía volver, que si no volvía perdía a una prima y a una hermana, que la había dejado sola con todo, que por qué les había hecho aquello. No dijo nada, como tantas veces que Estrella la llamó para decirle tantas otras cosas. Y Manuela colgó aquel día, como había colgado ahora al oír que Dolores se estaba muriendo. «Madre», quiso pensar Manuela, «tan llena de vida», pero al tratar de abrir la boca no salió nada, ni siquiera salió eso.

Tampoco Manuela lloró, porque todo el mundo sabe que las mujeres de la familia Medina no gustaban de montar jaleo, pero si no lloró no fue solo por aquello. No lloró por algo más complicado y a lo que aún no había dado forma, algo en lo que no había querido pensar, no había podido pensar porque era demasiado grande, demasiado contundente; y es que madre no podría irse ahora, justo en este preciso momento, y aunque ya lo dijo prima Estrella, Manuela quiso dudar de que estuviera en lo cierto. Quiso dudar, aunque sabía que en estas cosas nadie mentía, ni siquiera Estrella que había probado todos los trucos para traerla de vuelta con ellas, pero aun así dudó de ella, y quiso dudar un poco más, quiso vivir con la idea de que algo así no podía estar ocurriendo. No en este momento, desde luego. No en este preciso momento.

De modo que Manuela colgó el teléfono. Sintió las gotas castigar la ventana a su derecha y tiró de la madera húmeda para atrancarla y protegerse de aquel cielo que ahora, tras la llamada de la prima Estrella, lucía siniestro. Suspiró al recordar que las esquinas carcomidas no encajaban bien por más que empujara, que la humedad no era nueva de ahora, que vivía allí con ella, con ellas, desde hacía mucho tiempo. Y al mirarse al espejo pensó en que ya no habría tiempo para carpinteros, ni podría ya llamar al fontanero para que le arreglase el goteo de la ducha, ni al electricista para que le cambiase la hornilla, ni a su ángel de la guarda, que parecía haber olvidado la dirección de Manuela, para que la rescatase, para que la salvase de aquello. Supo que nada de eso iba ya a ser posible, que aquel ático ruinoso que se quedaría en ruinas ya por siempre sería problema de algún otro, con la humedad, con el vencimiento de sus ventanas y con aquel ángel a medio entrar que ella supo que al final acabaría no viniendo.

Y mientras en esto estaba, giró Manuela su perfil frente al espejo, y reparó en las ondas de su pelo a las que les comenzaba a brillar la plata, y sintió que esa plata era lo más lujoso de aquel reflejo. Y notó sobre su piel el camisón que trajo consigo de la finca, y siguió con sus dedos los botones de nácar en fila, comenzando con el índice a la altura del cuello. Uno a uno bajó sin prisa, sin pena por los que faltaban, sin más duelo, hasta llegar al ombligo, donde siempre viviría Dolores y ahora algo más, alguien más. Y ya con la mano abajo, allá por donde las entrañas, con la palma abierta sobre un pulso nuevo, se lo dijo: «No nos vamos a librar de esta —le explicó con voz pausada, y después, lo repitió—: Tu abuela Dolores no nos va a dejar que nos libremos».

III

El dinero para el tren a Dos Hermanas fue lo último que Manuela sacó del cajón antes de devolver las llaves al casero. Una bolsa de organdí que ella misma había cosido en sus primeros meses en el ático y un fajo con dos billetes sujetados por una pinza de madera astillada conformaban el cordón umbilical que aún le unía a la finca de las mujeres de la familia Medina. Manuela había tenido la tentación de meterle mano a aquel dinero muchas veces, no solo la tentación, a veces la necesidad, en ocasiones la urgencia, pero Manuela siempre había sabido que este día llegaría; sabía que el día menos esperado la prima Estrella llamaría, y entonces ya de nada servirían las excusas; y así fue como por tanto tiempo había guardado con celo esos ahorros por el valor del importe de una ida al pueblo. Y aunque le sobrevino la prisa cada invierno, nunca osó a abrir aquella bolsita de organdí que con tanta cabeza había confinado en el cajón junto los fogones de la cocina. Y es que Manuela sabía que, el día en que volviera, volvería por su propio pie. El día en que volviera, como no podía ser de otra forma, lo haría por derecho. Por nada del mundo hubiera concedido a Dolores la satisfacción de pedirle ayuda. Ni siquiera para esto, que Dolores se moría, ni siquiera para verla en su lecho de muerte le hubiera pedido a Dolores ayuda.

Antes de ocupar asiento en el tren al pueblo, trató de subir los dos macutos en los que cabían todas sus pertenencias. Había empacado en ellos todo lo que había acumulado en estos más de veinte años, y al cerrar la cincha del costado de su equipaje no había siquiera necesitado apretar un poco, no había puesto la rodilla sobre el lomo para asegurarse de que entraba todo. Nada de eso había hecho falta. Hasta espacio en las esquinas le había sobrado. Veinte años de equipaje ligero, tan ligero que hasta la vida misma se le había quedado holgada, como un camisón dos tallas grande, o como un camisón de tallaje normal sobre un cuerpo encogido por un largo —largo, muy largo— invierno.

Nadie ayudó a Manuela a subir las maletas, aunque tampoco Manuela necesitaba ayuda con esto. Pensó en las siguientes semanas y los siguientes meses, cuando le sobraran las manos para subir maletas, cuando le cedieran el asiento en los centros de salud, cuando alguien pudiese finalmente verla. Pudiese finalmente verlas. Pero quedaban aún meses para aquello, meses en los que, pensó, se le hincarían los anillos como clavos a unos dedos engrandecidos, meses en los que le volvería la tersura y la tirantez a la piel que su estómago había ido perdiendo con los años, meses en los que Manuela pensó que de los tobillos le podrían sacar cubos como de un pozo de agua hirviendo. Porque ya lo había visto en otras, esos tobillos gigantescos.

Y tomaba Manuela asiento junto a la ventana izquierda del vagón cuando le saltó a la mente Remeditas, la única amiga que sintió que dejaría atrás con su partida. Se acordó de su primer embarazo, del segundo, y luego se acordó del sexto, no hacía de aquello tanto, y de cómo se le habían hinchado a Remeditas los tobillos, que se habían convertido en presas macizas, conteniendo todo un mar dentro.

«Si necesitas volver, aquí siempre vas a disponer de una esquinita donde no te roza el aire», le había ofrecido Remeditas en la puerta antes de darse aquel último abrazo. Manuela había asentido, pero a sabiendas de que ni una esquinita tenía de sobra su vecina Remeditas con sus seis críos y aquel marido exigente al que ella prefería no ver de nuevo. Pero había asentido igual, y no solo por decoro y agradecimiento, sino por no alargar el trance, por acabar rápido con todo lo que entre ellas desde un principio había sido lento.

Y antes de que cerrara por última vez la puerta, antes de que Remeditas se desenganchara a los más pequeños de las faldas para encajar aquella puerta astillada como astillada estaba la pinza de madera, e incluso su corazón por dentro, Manuela le miró por última vez los tobillos, y le pareció que no ya mares, pero aún, desde luego, le quedaban ríos, y se acordó de lo que Juana siempre decía cuando las moragas, cuando frente al crepitar del fuego de las noches de San Juan en la finca, Manuela y su prima Estrella espetaban sardinas bajo la atenta mirada de Dolores; aquello que Juana decía siempre sobre que donde hubo fuego, siempre quedarían las brasas. Y fue aquel pensamiento que contentó a Manuela en su recuerdo de Remeditas, porque sintió que nunca estarían la una de la otra demasiado lejos, que habría para siempre ascuas en sus corazones, por más kilómetros que a las dos las separaran, por más grande que se le hubiera quedado el mapa de España al tener que recorrerlo de punta a punta en aquel tren de larga distancia.

En tanto que comenzaba el tren su traqueteo silencioso cuando Manuela pensó eso mismo, que allí donde hubo fuego… y aquella idea reconfortante dejó de serlo al pensar esta vez en su madre, en Dolores Medina. Pensó en las brasas que inevitablemente las unían y en el muro de hielo que tanto le había costado levantar con el tiempo, vacío tras vacío, copo sobre copo, y mientras veía el verde del norte deshacerse escurridizo contra la ventana sucia del tren, intuyó que aquel muro de hielo no se derretiría dándole tiempo para hacerse el erpo, aquel muro de hielo entre Dolores y su hija caería de una vez con violencia, y rompería en el suelo como un cristal fino. «Como la última vez que nos vimos», pensó devolviendo su bolsita de organdí vacía al bolsillo de su chaquetón de alpaca; un abrigo que pronto, supo Manuela, de ningún hielo le protegería.

IV

Hubo un tiempo en que aquel hielo no lo fue. Un tiempo en que las tardes entre aceitunas eran doradas, en que las columnas de fuego entre un olivo y otro no abrasaban, sino que mecían un aire que envolvía los juegos de las primas entre carreras y escondites. Ese fue el tiempo de los tres en raya dibujados con aceitunas negras sobre la locería de barro del suelo de la finca; de los saltos sobre aquel elástico gris que, enganchado, abrazaba los troncos amigos; fue el tiempo de la comba y las canciones a coro con las niñas del pueblo; el tiempo de los dedos arrugados como garbanzos tras las horas en la alberca, de la esperanza ciega, el tiempo de las confidencias primeras. Aquel en que prima Estrella y Manuela creyeron que ese calor familiar, ese calor abrasador como abrasador fue más tarde el calor de Dos Hermanas, sería eterno.

Los campos de girasoles alertaron a Manuela de que se acercaba a destino. Las frondosas cabezas a occidente parecían señalar con sus mentones amarillos el camino a casa.

No sonreían como antaño le había parecido que lo habían hecho, todo lo contrario, con sus robustos pétalos amarillos, como amarillo había siempre sido el sol de su pueblo —menos cuando el cielo se volvía blanco, y aún quedaba para que ocurriera aquello—, con sus grandes pétalos los girasoles parecían tratar de advertir a Manuela de algo. O tal vez no advertían, no sabía Manuela decir, igual la cabeza se le estaba volviendo loca de tanta angustia, pero desde luego que no parecían darle la bienvenida. Tampoco que lo hubiese esperado, que Manuela hacía mucho que había dejado de esperar algo.

Los cambios en la estación de tren del pueblo le recordaron que los veinte años no habían pasado solo por su cuerpo. Aquí, donde Manuela siempre pensó que todo se conservaría en sepia, tal y como había sobrevivido el recuerdo esos veinte años en su mente, resultó que también el tiempo había pasado. Le pareció que el sonido del tren al apearse había cambiado, que la imagen del parque tras las rejas de la estación también había mutado. No supo decir si era el paisaje o ella: pero definitivamente Manuela sentía que todos allí habían cumplido sus mismos años.

A la salida, Estrella esperaba a su prima de pie, llenando de vaho sus gafas con los labios en «O» y frotando después los cristales con las yemas de los dedos. Una vez colocadas en la nariz, se pasó las palmas abiertas por las caderas una y otra vez, tratando de secarse el sudor de los nervios. Llevaba el pelo más corto que cuando niña, o eso le pareció a Manuela, pero conservaba las caderas anchas que le había dejado en herencia la tía Inma. A Manuela nunca le pareció bonita la prima Estrella, pero sintió que le habían sentado mejor que a ella los años. Sintió que no era del todo justo que su pelo luciera del modo en que lo hacía, que le brillaran los zapatos, que su abrigo cruzado le confiriera tan buen aspecto, con aquella caída pesada y los pliegues tan bien planchados, un aspecto como de niña bien que ya a estas alturas había perdido Manuela, aunque en algún momento lo tuvo, pero de eso hacía ya muchos años.

—Manuela —le dijo Estrella al verla llegar con su maletita ligera y sus zapatos viejos, y no le salió decir más.

Decir Manuela ya era decir mucho, dadas las circunstancias. Y es que las circunstancias eran extrañas, extrañas y tirantes, así que Manuela pensó al oír su nombre que con eso bastaría. Tendría que bastar. Eso pensó Manuela: «Ha de bastarnos con esto». Y Estrella pensó al verla que Manuela seguía guapa a pesar de su aspecto, guapa a pesar de aquella maleta ligera como ligero debía haber sido lo poco que en aquellos años habría hecho; guapa a pesar de los zapatos, que se notaba ya de lejos que eran viejos.

Caminaron juntas hasta la plaza del Arenal y, a la sombra de las palmeras secas que rodeaban los bancos de azulejos, pararon para darse un incómodo abrazo.

—Pero mírate —le mintió Estrella—, si no has cambiado nada en estos años.

Manuela asintió a sabiendas de que era mentira, y aunque Estrella esperó que su prima también mintiera al respecto, por educación, por cortesía, por lo que quiera que sea que las mujeres dicen estas cosas cuando se ven las unas a las otras, Manuela solo asintió y forzó una sonrisa torpe y mal avenida.

Cuando la prima sonrió de vuelta, soltando el aire del estómago de una vez y con la boca abierta, Manuela quiso que se parara todo un segundo. El primer segundo dulce que había tenido en mucho, y así le vinieron fuerzas para lo que se le

This receipt helps plant a forest.

(scan to learn more)

Checkout Receipt
Vancouver Public Library
Central Branch

Customer ID: **********2287

Items that you checked out

Title: Las mujeres de la familia Medina /
ID: 31383120412765
Due: December 8, 2023

Title: Oona in the Arctic /
ID: 31383124161988
Due: December 8, 2023

Total items: 2
Checked out: 4
2023-11-17 4:05 PM

For renewals, due dates, holds, and fines, check your account at www.vpl.ca or call Telemessaging at 604-257-3830

Want to check out VPL from home? Visit our Digital Library 24/7 to get free online access to thousands of reads, audiobooks, films, music and more.
vpl.ca/digital | vpl.ca/digitallibrary

venía encima, y Manuela sabía que lo que se le venía encima esta vez no iba a ser poco.

—Llévame a ver a madre.

—¿Estás preparada? —preguntó la prima.

Pero ninguna esperó respuesta a esa pregunta, que de ninguna manera tenía respuesta, y de ninguna manera podría ser respondida ahora ni nunca. Porque Estrella sabía, y Manuela sabía, y hasta la misma carnicera del pueblo había sabido —la misma que murió en la plaza y parecía como dormidita al morir con las tripas de cerdo aplastadas en las faldas—, todas habían sabido lo que entre Manuela y su madre había pasado cuando ella era niña. O más bien lo que no había pasado, lo que no había llegado a pasar, pero que debía haberlo hecho cuando llegó el momento. Y también la panadera, que llevaba cada mañana los bollos calientes en su bolsa de esparto; la lechera con sus botes gruesos de cristal y ese repique que siempre anunciaba la llegada de su género; la cartera y las jornaleras de la finca, la que pasaba los lunes tarde a recoger la basura y cada mujer que aunque de lejos por allí hubiera tropezado, porque todas sabían, toda Dos Hermanas sabía, lo que entre Manuela y su madre no había habido, lo que hubo y lo que nunca llegaría a haber. Así que, aunque no estaba preparada, lo estaba, y de ahí que aquello no tuviera respuesta, pues casi no tenía pregunta, y de ahí que ninguna de las dos esperase más que silencio a lo que había preguntado la prima.

No estaba preparada y lo estaba, pero Manuela sabía que allí donde en ese momento se encontraba, allí en la misma plaza en la que Estrella la había despedido en ese pasado que ella siempre había conservado en sepia, allí se había hecho a ella misma una promesa, y era que el día en que volviese, si es que volvía, lo haría por su propio pie; lo haría sin pedir ayuda y por derecho, y demostraría a todos, a todos y por encima de ellos a su madre, de qué pasta estaba hecha Manuela Medina.

V

Estrella creyó conveniente un paseo en coche por el centro antes de llevar a Manuela a casa. «Aún hay tiempo», le había insistido ante la urgencia de Manuela, que quería precipitar el momento como una guillotina suelta y de mano ligera, así: rápido y limpio y seco. Un cerrar los ojos fuerte y dejarse caer al pozo de agua fría con los puños apretados. Pero Estrella insistía: «Aún queda tiempo —le decía—, respira un poco, prima. A qué tanta prisa. ¿Es que no lo ves? Mira qué bonito está tu pueblo». Estrella le agarró la mano y a Manuela aquello le calentó las tripas, y se sonrieron las dos, lo que la dejó otra vez tranquila, porque después de aquellos años casi se había olvidado qué sonrisa tan blandita siempre tuvo la prima.

Levantó la cabeza entonces, nada más que para que Estrella dejara de quejarse y requerirla, sin más intención que acallarla y así acabar con aquel cuento; levantó la cabeza Manuela con la respuesta preparada: «Muy bonito, Estrella, verdad que sí. Pero vámonos ya, prima», quiso decir eso, pero aún con la respuesta preparada y la mente ya lejos de la plaza del Arenal, la vista de las altas palmeras tapando un sol redondo que aparecía como pegado sobre el cielo azul, azul, tan azul, que Manuela perdió el habla. Y vio entonces los bancos de azulejos donde solía comer altramuces y pipas con su amiga Valme tanto tiempo atrás, y vio el asfalto caliente que rodeaba la plaza; oyó las risas de los niños jugando, y de las madres tras ellos cuidando de que no cruzasen sin mirar, de que no cayesen persiguiéndose los unos a los otros como hacen las madres buenas con los hijos a los que tanto quieren. Como Dolores nunca hizo con ella.

Manuela posó la mano sobre su vientre. «Mira, bebé. Mira, bebé sin nombre —dijo para sí—, tendrás que conformarte con que te llame de esta manera, con que no te llame al llamarte, ya que aún no tienes brazos, ni piernas, ni sexo, o igual sí que tienes ya sexo, vete tú a saber, pero cómo vas a tener nombre. Escucha, bebé sin nombre: Esto que ahora ves aquí, este aire que huele a tiza y tostado, a caballos salvajes y a hierba seca, este calor que nos calienta las venas es el lugar que vio a tu mamá nacer».

Estrella la miraba de reojo al ver lo callada que su prima iba, pero lo que ella no sabía era lo mucho que, para dentro y sin voz, iba Manuela hablando. Lo mucho que iba Manuela contando a su bebé sin nombre, que para Estrella no solo no tenía nombre sino que no era bebé siquiera, porque lo que no podía imaginar Estrella es que Manuela vendría en las mismas condiciones en las que Dolores entró en la finca aquel día hacía ya cuarenta años, con el vientre suyo muy al principio y el corazón de la abuela muy al final, con aquel cielo blanco, aquellos santos y aquellos cirios sobre el mármol de su cuarto. Cuarenta años ya, los mismos que contaba Manuela Medina.

Pero Estrella nada sospechaba de la vida que crecía en su prima. Y así debía ser. Nadie más tenía que saber de aquello, porque un escándalo así solo generaría rumores, haría a los demás pensar que se podría repetir esa historia en ciclo, lo que por Dios no podía ocurrir de ninguna de las maneras; aquello alimentaría habladurías, y de esas ya habían tenido suficientes todas las mujeres de la familia Medina, y mira que le gustaba al pueblo hablar de todo aquello, y mira que Manuela odiaba ser el centro de chismes y rumores. Estrella había dicho que Dolores estaba en las últimas, eso había dicho en aquella conversación por teléfono que habría de cambiarlo todo, así que según sus cálculos aún tendría tiempo de volver antes de que el bulto se le notase en la tripa. Acompañaría a su madre en sus últimos momentos, como hace una buena hija, a pesar de una madre, y más a pesar de la suya, y lo haría paciente y sentida —que no resentida—, pero una vez Dolores se fuese, Manuela volvería a huir por donde había venido. Otra vez sin plan, otra vez sin casa, otra vez sin nada, con su maleta ligera y sus zapatitos viejos, pero con la frente alta y la seguridad de que volvería a salir adelante sola, sin ayuda de las mujeres de la familia Medina, sin necesidad de fincas ni de asistentas de la casa ni de abrazos ni comodidades innecesarias. Sola ella y aquel bebé sin nombre y ya luego vería a dónde la llevaba la vida.

El camino a la finca era un cuadro en la cabeza de Manuela al que no se le había despintado una pincelada durante aquel tiempo. Todo era igual que en aquel cuadro, exacto: el polvo que levantaban las ruedas en el albero del camino, las piedras irregulares que hacían botar al coche sin descanso, las malas hierbas crecidas a la altura de las ventanas.

El traqueteo hizo a Manuela desfallecer.

—¿Estás bien? —le preguntó la prima.

—Pues como quieres que esté.

—Tienes la cara amarilla.

—Estoy bien, te digo.

—¿Paro?

—Tira.

—Que yo paro si lo dices, prima —Estrella insistía con ambas manos asidas al volante.

—Tira, Estrella. Tira. Que yo estoy bien, te digo. Tira.

Manuela, pese a la angustia y la fatiga, no quería perder el impulso que tanto y tanto había ensayado. El impulso para acabar con aquello como lo hace la guillotina, pues no pensaba que fuese capaz de hacerlo de otro modo. Habría de ser así: rápido y limpio y seco. Como la guillotina.

El coche redujo su marcha al pasar la cuarta curva a la derecha, y para entonces Manuela sintió un pellizco de arena en la garganta. La última línea recta del camino, entre las largas hileras de olivos, entre las atentas miradas de las mujeres del campo que dejaban su faena y se agarraban las cinturas con los brazos en jarra, la recorrió el coche a velocidad de paso hasta llegar a término. Frente al capó, una fría e imponente verja de hierro, el emblema de las Medina forjado sobre el candado, y tras ella, los muros blancos de la finca.

«Mira, bebé sin nombre —dijo Manuela para sí mientras abría la puerta del coche y acercaba la barbilla al pecho—. Esta es la finca de las mujeres de la familia Medina. El lugar que vio a tu mamá nacer».

VI

Si la finca de las mujeres de la familia Medina hubiera tenido ojos, se habrían abierto en redondo como dos grandes platos de la Cartuja. Si hubiera tenido boca, su mandíbula de reja y azulejos habría caído de asombro. De haber escrito sobre el albero, habría impreso con ramas de olivos las mismas líneas que justo escribió ahora hacía cuarenta años, cuando la niña, ya no tan niña, apareció sin nadie saberlo con el vientre lleno, y la abuela, que aún no sabía que iba a serlo, la esperaba sobre su lecho de muerte.

A la entrada de la finca estaban Elvira y Estefanía dispuestas para ayudarla con su equipaje. Manuela rehusó la ayuda de ambas, como ya venía siendo costumbre, y se acercó desde el coche con pies temblorosos sobre un paso pretendido, pero firme.

—Llevadme a verla —dijo arremangándose con la mano libre el largo de la falda.

Entraron las cuatro en fila, las dos asistentas delante, Manuela y Estrella detrás, por el pasillo que comenzaba tras cruzar el patio de entrada en la finca. Sintió entonces la humedad de los gruesos muros de cal. La oscuridad de la casa, tan necesaria para el calor estival, ahora le erizó los vellos a pesar de que brillaba un sol vivo, y ni la altura vertiginosa de aquellos techos le quitó a Manuela la sensación claustrofóbica contra la que había luchado desde el momento en el que cerró su pequeño ático de poco más de veinte metros. Cuánto aire solía tener en aquellas cuatro paredes y cuánta falta le hacía aquel poquito de aire ahora mismo.

Marcharon las cuatro de camino al cuarto con solemnidad litúrgica, miradas al suelo y pies sigilosos, cada una en sus pensamientos propios: Manuela con su mano en el bajo vientre, sujetando una maternidad que de algún modo se le iba, un concepto de maternidad que a la vez iba y venía, con una madre a punto de partir y un bebé en camino, una maternidad cíclica como cíclica es la vida y redonda y compleja; Estrella tratando de contener la emoción de volver a tener a Manuela cerca, a sabiendas de que la ocasión no merecía celebración ninguna; Estefanía y su cabeza en el guiso, enfadada por el descuido de no haberle liado a Manuela unas croquetas; mientras que Elvira, la primera de todas en la fila, se secaba ambas manos en un trapo a la vez que revivía en su mente la disputa que tuvo la noche anterior con una antigua conocida.

Todas en silencio, todas con las miradas al suelo. Estrella caminaba en procesión tras Manuela, quizá reprochándose el no haberla puesto en preaviso durante el camino, culpándose de no haber hecho a Manuela saber cómo iba a encontrar a Dolores, en qué condiciones encontraría Manuela a su madre, quien hacía pocas semanas había recibido la noticia de que su vida tenía el calendario ya sellado. Pero Estrella sabía que no habría ya tiempo de eso. Que la media hora en coche la había usado para hablarle de todo y de nada, la había usado para irle mostrando los cambios en las fincas vecinas, las nuevas casas del pueblo, y ahora Manuela entraría a ver a Dolores sin saber qué es lo que se le venía encima, sin saber qué aspecto tendría Dolores cuando al fin volviesen a verse.

La puerta de la habitación de Dolores se encontraba cerrada, como siempre había estado cuando Manuela era niña. Las cuatro mujeres pararon en semicírculo ante el dormitorio, preparadas para tocar la madera.

—Dejadnos solas —ordenó Manuela.

—Pero prima...

—Dejadnos solas —dijo suavizando esta vez el tono—. Elvira, lleva mi maleta a mi cuarto, esta tarde pondré orden en mis cosas, no te preocupes por deshacerla; Estefanía, huelo desde aquí lo que has estado cocinando. —Y le agarró una mano al percibir preocupación en su rostro—. Huele a puchero de mi madre, que por más que tú siempre digas te sale tan rico como a ella. —Y ahí mintió—. Estaremos listas para el almuerzo a las dos y media. Estrella —se dirigió ahora a su prima—, no te sofoques. Es preciso que haga esto sola. Luego tendremos tiempo de ponernos al día y contarnos lo que ha pasado en estos años, pero ahora no es el momento. Ahora tengo que ver a madre. Dejadnos solas, os digo.

Nada más ella y el pomo, y ahí pensó en que ya no habría escapatoria. Pese a la distancia de los años, una madre es solo una, y ella sabía que aquello iba a doler. Frente a la puerta de Dolores, la sangre se le concentró a Manuela de golpe en el ombligo. Sintió las paredes bajar deprisa y la oscuridad del pasillo retroceder al mismo ritmo.

La imaginó entonces canosa y avejentada, con la respiración sonora y la baba toda derramada por el cuarto. Imaginó el semblante de miedo de quien sabe que ya no hay salida y le pareció que el mismo debía de tener ella en aquel instante; pensó en el olor a orín y a sangre, en el sudor de la cama y de unas piernas enclenques; dibujó en su cabeza la voz rota que tendría Dolores, con un pie entre los muertos y el otro aún con los vivos, una voz de túnel, de final de historia, de dolor y también de castigo; imaginó el sonido de la flema rompiéndole el pecho en cada tos, rebosando sobre la respiración trabajosa; pensó en las mandíbulas cadavéricas que debía tener ya su madre, en la frente pegada y amarilla, en el fondo de ojos perdido de quien ya ve dos mundos y sabe más y menos que los otros; imaginó los cirios ardiendo y todas las estampas de los santos que ya a estas alturas habrían sido invocados para acompañar a Dolores en su viaje de vuelta. Pensó en la vista de las palmeras de la plaza del Arenal y reparó en que el cielo no estaba blanco aquel día, y aquello le indicó que aún quedaba tiempo, pero esperaba Manuela que no mucho, aunque no lo quería esperar conscientemente y con los pensamientos abiertos, lo esperaba solo en el fondo y con la mirada de reojo, que bien sabía que eso no era de buena hija, pero cómo controla una el sentir. Tenía solo unos meses antes de que el bebé sin nombre le creciese el vientre, y no quería escándalos y aún menos *telodijes*, no quería que su madre pensara que en algo las dos finalmente se parecían. Porque Manuela y Dolores no se parecían en nada, en absolutamente nada, esa creencia siempre la habían compartido igual la madre que la hija. Todo eso pensó en un instante.

Sola ella y el pomo: Al girarlo retuvo la imagen pintada en su imaginación, con la esperanza de que todo aquello que había pensado, de alguna forma, la protegiera para lo que venía como una coraza.

Pero Manuela no supo, y Manuela no pudo imaginar por más que lo hubiera intentado, que por encima de todo, por encima del sudor y el dolor y todo, por encima de los veinte años que habían pasado, por encima del bicho malo que la comía por dentro y la agresividad de los muchos tratamientos, por encima de la muerte misma, Manuela no recordó algo que no debía haber olvidado: y eso era que su madre, Dolores, seguía siendo Medina a pesar de todo.

VII

No contaba aún Manuela los siete cuando la vecina Juana le regaló un conejito blanco. La tarde en que trajo al conejito, todo blanco excepto por una pequeña mota detrás de una oreja, Juana le dijo que se lo daba a condición de que lo cuidase con todo su esmero: «Tendrás que darle de comer, limpiarle la caca y bañarlo cada domingo. Tendrás que ocuparte de él porque no puede ir correteando por la finca. Tu madre no querría eso, ¿me escuchas? Tienes que llevarlo siempre contigo. Y por encima de todo, no lo dejes que coma de las hierbas bajo el seto verde de allí del fondo. Mientras no coma de las hierbas bajo del seto verde, el conejito estará a salvo».

Las primeras semanas, Manuela no soltó un minuto al conejo blanco. Las pocas veces en las que se atrevía a dejarlo correr, lo hacía en su cuarto y a puerta cerrada, no fuera que se escapara a comer las hierbas venenosas que crecían bajo el seto verde, allá al fondo. Pasaron así semanas en que el cariño de Manuela por el animalito no hizo más que aumentar, pero la situación no tardó en hacerse insostenible: llegaba el colegio y con él las horas de juego con su amiga Valme, los deberes, los baños con la hora adelantada; y así, como cada año y sin más remedio, las tardes comenzaron a acortarse y las responsabilidades que el invierno siempre traía, a dilatarse.

En este tiempo, el conejito blanco se puso gordo, se embarazó, porque resultó ser conejita que no conejito, y después hasta se embarazaron sus crías. Manuela seguía los consejos de la tía Juana y no faltaba un domingo en el que el conejo no tuviera su sesión de baño y acicalado. Lo solía pasear en un cesto por la plaza de abastos cuando iba a ver a Valme, lo protegía de las garras de prima Estrella que aún era muy pequeña y siempre trataba de abrazarlo con demasiado cariño y hasta le daba de comer sus dos veces cada día. Le contaba sus cosas mientras se ponía el uniforme cada mañana, lo tapaba con su mantita de franela para protegerlo de la humedad de los muros y le limpiaba las cacas tal y como Juana, con acierto, había aconsejado que hiciera. Y sobre todas las cosas, por encima de todas las cosas, Manuela no dejaba al conejito blanco comer de las hierbas que crecían bajo el seto verde de allá al fondo.

Una mañana, antes de ir Manuela a la escuela, Estefanía la llamó a voces para que se acercara a por las tostadas con aceite que le había preparado, como cada día, para el desayuno. Era tan rico el olor desde el cuarto y sentía las plantas de los pies tan frías sobre las losetas de barro que corrió hacia la cocina sin pensarlo, dejando así la puerta abierta en un error fatal. Cuando volvió a por la mochila y a terminar de ponerse los zapatos, se encontró una cesta vacía a la que le faltaba mucho más que el conejito blanco. Manuela sintió que había perdido ahí la poca adultez que en aquellas semanas había logrado, perdió sus esperanzas y el amor puro que le había ofrecido su nuevo compañero de juegos. Pero no perdió de un golpe la esperanza: decidió correr al campo y buscar al conejito por todos lados. Lo buscaron por la habitación de Manuela y la de Estrella antes de que nadie perdiera los nervios. Elvira y Estefanía dejaron sus faenas en la cocina para mandar en su busca, las jornaleras que había en la huerta, las niñas y hasta la lechera que por allí pasaba se unieron. Pronto los nervios se habían perdido sin vuelta atrás. Manuela lloraba con las mejillas moteadas y la boca muy abierta, Estrella a su lado la besaba y lloraba aún más, esta pobre sin saber muy bien por qué, pero Estrella siempre hacía lo que su prima mayor, llorase esta, cantase, bailase o riese. Si Manuela le hubiera dicho a la prima que se tirase de un puente, ya imaginamos lo que Estrella habría hecho, aunque habría parado a darle un beso a su prima justo antes de despedirse de aquel mundo cruel.

Los gritos y el alboroto llegaron a casa de Juana, quien no tardó en llegar a la finca y resolver el misterio del conejito blanco. La persiguieron todos en fila mientras andaba con sus dos manos enlazadas bajo su espalda baja, con los ojos en el camino, el tintineo de cristal de los botes de la lechera y las frentes de lado en lado, murmurando un reproche en silencio. Manuela iba justo detrás de ella, portando con estoicidad la vergüenza de la que no ha sabido ser merecedora de la tarea que se le había confiado, y aún recordaba ver a Juana de espaldas, con el pelo muy corto y blanco, siempre esquilado a bocados, la ropa repetida y sobria, vieja, siempre negra o gris, negra aquel día como no podía haber sido de otra forma.

Dolores fue la última en entrar a escena y lo hizo cuando ya todos habían alcanzado el seto. Dolores dormía hasta tarde porque trabajaba mejor en la noche y decía que las cuentas le salían mejor con luz oscura y una copita de aguardiente, que así se le quitaban las fatigas que le daban a ella tras el cansancio del día y el jaleo de los olivos, el polvo, el sol machacante y los tira y afloja de los negocios. Cuando llegó, Estrella gritaba ya aún más que Manuela, y eso que Manuela ya gritaba, y el conejito blanco yacía de patas arriba con la tripa llena bajo el seto maldito.

A qué tanto drama, eso fue lo que dijo. Estefanía estrujaba la cara de la niña contra su barriga grande y blanda, una barriga como de bolsa de agua, y le pasaba la palma una y otra vez por las mejillas para secarle las lágrimas. Dolores miró al conejo, miró a las niñas, posó sus manos en las caderas y paseó los ojos por las caras de todas las presentes. Y entonces lo repitió otra vez. A qué tanto drama.

—Pásame el jarrón de cerámica que está sobre ese mueble —dijo Dolores al sentir la presencia de su hija pródiga en el cuarto.

—¿Es eso todo lo que tienes para decirme?

—Del mueble a tu derecha, Manuela.

Manuela miró al mueble al que apuntaba su madre, el que tenía pintadas grecas y macetones, y después devolvió la vista a Dolores.

—Mírame, madre.

La imagen de Dolores Medina a contraluz, con su cuerpo junto la ventana y las cortinas de lino blanco ondulando a su lado, levantándose con el suave viento sobre sus muslos tersos, dejando adivinar pequeños destellos de luz por entre los movimientos de las ondas, confundió a Manuela. Y más la confundieron sus tobillos finos y recios, y más aún aquella espalda, tan derecha como un palo. Aquella imagen poco tenía que ver con la de su cabeza, más que poco, nada, y el olor de los nardos que Dolores sujetaba en la mano mientras esperaba el jarrón de cerámica, en nada se parecía al olor del orín y la sangre, justo el olor que Manuela había temido y esperado.

Pero dentro de aquel cuadro esperpéntico, no todo fue completamente inesperado. La primera mirada entre ambas rompió el muro de hielo que con tanto trabajo, gota a gota, copo a copo, había Manuela levantado. Justo como Manuela había predicho, justo como estaba escrito que ocurriera entre ellas; justo había pasado, cuarenta años antes, entre otra madre y otra hija de mismo apellido. Y pensó en adelantarse a abrazarla, o al menos ese habría sido el plan dada la coyuntura, pero en aquellas circunstancias un abrazo no le pareció apropiado. A qué tanto drama al fin y al cabo.

Y al mirarla bien pensó la hija que la muerte no tenía la cara que tenía Dolores, así que una de las dos, o la madre o la muerte, o la muerte o la madre, debía de estar en el lugar equivocado.

VIII

Nunca se había sentido Manuela tan niña como cuando entró en lo que siempre había sido su cuarto. Pudo haberle parecido macabro el que Dolores lo hubiese conservado todo tal como ella lo dejó aquel día, todo igualito que aquella mañana de febrero de hacía ya veinte años, así como el que tiene una hija muerta, o peor, perdida, o espera, aún peor, huida, como fue su caso. Pero nada de eso le pareció a Manuela ni triste ni macabro. Más bien le pareció absurdo, irracional incluso. Qué insensatez dejar todas sus cosas igualitas en el cuarto.

Vio su cabecero de espirales de hierro forjado, aquel que mandó comprar Dolores tras su viaje a Granada el invierno de sus nueve, que aún recordaba Manuela que fue uno muy frío y muy largo; vio las estanterías repletas de todos esos libros que nunca leyó, que quizá tuvo alguna vez intención de leer, pero que ni siquiera llegó a abrir en aquellos años; se descalzó sin prisa para apoyar las suelas desnudas sobre la estera del suelo y miró sin sonreír, porque no podía sonreír, ni relajarse, ni estar contenta de ninguna manera; miró sin sonreír las cestas de mimbre con flores frescas como frescas siempre habían estado sobre las losas de barro de la esquina, justo bajo las cortinas blancas al viento, que también en su cuarto dejaban pasar al sol por turnos en una danza hipnótica de abajo a arriba, de arriba a abajo, hinchándose como las velas de un barco, creando una curva que iba y venía, una curva preñada y delgadita, luego de izquierda a derecha, de abajo a arriba, otra vez de arriba a abajo, moviéndose de lado a lado con el tintineo de las anillas de metal con las que se asían al riel en lo alto.

Aquello le trajo a la cabeza a Dolores, le recordó sus palabras vacías, siempre confusas; y entendió que nada en el fondo había cambiado. Y dudó del mal bicho que había dicho Estrella que le avanzaba con prisa por las tripas y por las venas y las matrices y todo lo que hizo de Dolores una madre, o que debía haberle hecho madre al menos, y que se comía como termitas todo lo humano y lo femenino y lo maternal en Dolores, que Estrella podía dar cuenta de que de eso hubo, de que algo maternal habitó dentro de ella; y le pareció que no podía tener la muerte esa pinta, la muerte olía a muerte, olía a cama de sábanas ásperas como lijas sobre la piel levantada, a barandas de camilla usada de hospital; la muerte olía a despedidas y a final de todo; y pensó que no, que no podía ser, porque ella sabía que la muerte te preparaba el camino con espinas, te cortaba lentamente, o al menos así siempre lo había dado por sentado. Aunque lo de la carnicera fue otra historia, lo suyo fue un sueñecito en la silla de la plaza y ya está, pero esto era a todas luces otra historia: esto era una enfermedad terminal, y terminal significaba que se estaba terminando, y más valía que aquello acabara con prisa, y que no hubiera segundas historias, ni intenciones raras, ni subtramas con sorpresas, ni nada extraño; Manuela tenía bien claro a qué iba: sería una hija buena, agarraría la mano de Dolores durante la muerte y después se iría por donde había llegado.

Y con tanto batallar despierta, con tanto dejar su mente bailar al ritmo de las cortinas blancas, se agarró el vientre para encontrar consuelo en la barriga y en la mano. El bebé sin nombre habría de crecer despacio, habría de dejarle espacio para pensar mientras en otras cosas, para ocuparse de los muertos antes de hacerlo con los vivos, para cerrar historias y ciclos de un buen portazo. Y tanta vida, tanta muerte y tanta madre agotaron a Manuela, que estaba la pobre muertecita de tanto cambio, y pensó entonces en lo cansada que estaba, y en lo mucho que las últimas semanas había pasado; en la conversación con prima Estrella por teléfono; en la conversación con el médico sobre su estado hacía algunos días más; en el momento en que devolvió la poquita libertad —que una mujer libre del todo no era nunca— que había conseguido al casero el día en que le entregó las llaves; en el abrazo a Remeditas y aquella esquinita que le había ofrecido, donde ni el aire podría haberla rozado, y sintió la bofetada de aquellos últimos tiempos robarle el poco aire que había ido acumulando.

Tomó así asiento en su antigua cama y escuchó a los muelles quejarse por la diferencia de peso. También el colchón parecía haber vivido congelado en el tiempo, recordando a una Manuela más joven, más menuda, con muchos —muchos muchos— menos años. Pero al colchón no lo culpó por aquello, no como hizo con el pueblo, con Dolores o con la finca, a ellos sí que los culpó por tan pocos cambios. Pasó los dedos por las sábanas blancas, y recordó cuando ayudaba a Elvira a colgarlas sobre los cordeles los domingos de mayo; recordó cómo, desde su altura, veía las sábanas batirse al viento como grandes gaviotas cortando el aire a su paso, descubriendo y tapando un sol alto bajo el cielo azul, azul, tan azul de Dos Hermanas, su pueblo. Se tumbó sobre su lado para olerlas, solo para ver si aquel olor de sábanas blancas secadas al sol seguía en su memoria intacto; y aprovechó entonces para subir ambas piernas, acomodarse un poco, solo un poquito, acariciar las sábanas con ambas manos desnudas, arremangarse con cuidado la falda para dejar sus pantorrillas tocar el aire cálido a un lado, el colchón frío al otro. Y quizá por el estado en que Manuela estaba, quizá por el trauma del trayecto tan largo, o tal vez por culpa del olor de aquellas sábanas blancas secadas bajo aquel cielo azul que había sido testigo de tanto, los ojos se le cerraron.

Y ni el olor del puchero que siempre fue, como le ocurría a su madre, su comida predilecta, ni el ruido de las mujeres en el campo, ni el roer del suelo bajo su cama, ni la brisa impaciente que mecía las cortinas a su lado despertaron a Manuela. Tampoco Estrella, que pasó al menos tres veces de forma casual a por su prima; tampoco Juana, que se asomó de cejas levantadas por la ventana del patio; ni el sonido de los hielos del vaso de aguardiente de Dolores sobre la mesa de la cocina ya bien entrada la oscuridad de la noche; ni el cristal de leche fresca del desayuno; ni el del sonido de los cubiertos abrillantándose en las manos de Elvira y Estefanía más tarde. Nada. Nadie. Nada ni nadie pudieron sacar a Manuela de aquel sueño largo como largo había sido el trayecto desde aquella tierra lejana hasta su pueblo.

Un sueño durante el que todas tuvieron tiempo de lo suyo, de lo cotidiano y de lo urgente: de comentar qué pintas traía Manuela, qué viejos los zapatitos, qué viejos; qué arrugada traía la frente y, peor, la falda. Todas comentaron, todas miraron, todas, menos una: Dolores Medina, quien no parecía sentir necesidad de hacer ningún comentario.

Dolores permaneció al margen de cuchicheos, al margen de habladurías y al margen, como siempre había sido el caso, de su hija misma. Las cosas en la finca de las mujeres de la familia Medina, al fin y al cabo, tanto no parecía que hubieran cambiado.

Pasaron dos ángelus y un rosario de al menos tres misterios hasta que a Manuela algo la sacó de su sueño largo.

IX

«Mi niña. Mi niña pequeña», fue lo primero que oyó Manuela justo antes de abrir los ojos, y aun con ellos cerrados supo quién era que hablaba. Y supo también que aquellas palabras no venían ni vendrían de quien ella quería, pero tenía ya edad Manuela de entender lo complejo del amor y los celos, la injusticia pesada que siempre se cernía sobre las querencias; tenía Manuela edad ya de entender que las dos puntas de la flecha del amor, y el amor no podía ser otra cosa que una flecha con puntas, no siempre apuntaban hacia donde una quería; que a veces la brújula de la flecha estaba rota, a veces hasta la madre naturaleza estaba desorientada, ida, loca, y por eso sabía que no era Dolores quien la llamaba mi niña, quien le decía mi niña pequeña, y no que ella esperara ya tal cosa, pero aún con estos años un «mi niña» no le hubiera sobrado a Manuela, si es que llega una edad a la que le sobran a una estas cosas.

«Mi niña», oyó Manuela otra vez, y con esfuerzo despegó la piel en los ojos después de aquel largo sueño. Por entre las pestañas espesas intuyó el gris de su pelo, corto como el de un niño, un niño viejo, tan viejo como debía de ser Juana tras este tiempo, que con sus palmas acariciaba las ondas oscuras de Manuela que caían en catarata sobre la almohada blanca.

«Mi niña —decía—, yo sabía que volverías; yo sabía que a pesar de lo que ella decía, a pesar de lo que otros pensaban y de lo que todos creían, tú darías la vuelta y volverías con nosotros. —Juana parecía hablar en trance, a la vez consciente e inconsciente de lo que de su boca salía, a la vez consciente e inconsciente de lo que a los oídos de Manuela llegaba—. Yo sabía que cogerías camino para volver conmigo, donde siempre tuviste que estar, mi niña pequeña, aquí, mi niña, aquí conmigo, con tu Juana». Y todo eso le decía Juana mientras le acariciaba a Manuela las ondas, todo eso y mucho más, y con tanto cariño lo hacía, tanto amor le daba, que aquello a Manuela la asfixiaba; notaba entonces Manuela el techo muy cerca tras tantos años de afecto ligero y descuidado, y de repente aquello le resultaba difícil de manejar, como una corona brillante y pesada, como una niña pobre portando la corona en una fiesta de adultos ajenos a ella.

Dos abrazos y muchas lágrimas de Juana ocurrieron antes de que la conversación comenzara a hacerse fluida. Manuela mintió al menos tres de las veces en que repitió cuánto la había echado de menos, y no es que no se hubiera acordado, pero tampoco había sido tanto; y Juana mintió al decir que no se preocupase si antes no había vuelto, que nada había cambiado durante aquel tiempo; que en realidad no la culpaba por no haberlo hecho —y también Juana repitió esto tres veces, y tres veces mintió con esto—, que entendía lo ocupada que habría estado cada día de los anteriores veinte años, tanto como para no ir a verla, tanto como para no llamarla ni en sus cumpleaños, pero que la mirase bien, que mirase cómo estaba su cuarto, decía, que en realidad nada había cambiado. Y así, mientras Manuela y Juana se mentían sin mirarse demasiado, iban las dos ablandando con diplomacia aquel tabique extraño que se había formado entre ellas durante aquellos años.

Juana, de la que Manuela nunca fue hija, pero en cuya fantasía ella siempre fue más que su madre, la recibió así como la hija pródiga que por fin volvía de allá donde nunca debió haberse ido. Y en su mente la perdonó por sus faltas, por haberla abandonado después de todas las tardes en la finca; la perdonó por la varicela y las fiebres que tuvo aquel verano largo a sus siete años que pasó agarrándole tarde y noche la manita; la perdonó por las veces que tuvo que limpiarle el granito de las rodillas y hasta por el conejito blanco. Juana perdonó a Manuela que nunca ella le hubiera tenido en cuenta todo esto, le perdonó que hubiera olvidado cuánto le tenía que haber debido, todo el amor que solo salió de su lado, y la perdonó como se perdona a una hija, no como se perdona a la hija de una vecina, de eso nada: la perdonó con los ojos fuertemente cerrados, con firme intención de pasar página, dispuesta a olvidar todo el dolor y las horas muertas en la mecedora esperando año tras año; porque al fin y al cabo qué importaba aquello ahora, si Manuela estaba aquí, qué importaba, si Manuela al fin había vuelto a su lado.

Y mientras esta película pasaba por la cabeza de Juana, Manuela dudaba de si contarle su pequeño secreto, de su pequeño bebé sin nombre, porque a alguien necesitaba contárselo, aunque pensó bien que ese alguien no debía de ser Juana, quien al fin y al cabo no era más que la vecina, ya había dicho cien veces madre que una no debía confiar ciertas cosas a Juana, y es por eso que calló y habló para sí Manuela: «Y esta es la vecina Juana, bebé sin nombre. La que cada tarde me traía la merienda a la finca: en invierno, mantecados. En verano, uvas y nueces».

—Mi niña —le dijo con la voz escondida en el espacio entre las dos—, Dolores está muy malita, le quedan unos meses muy malitos, ya sabes cómo son estas cosas, va a ser largo y feo y no va a ser bonito, pero escucha, mi niña, yo lo que quiero es que sepas que tú no te tienes que encargar de nada. Que aquí está tu Juana para cuidarla con sus manos, para sujetarle el pelo y la frente y cambiarle cada mañana las sábanas. Que tú no te agobies con esto, que yo sé cómo te trata Dolores. Que tú no tienes que cargarte sola esto, piensa que yo sé cómo llevar a la gente del campo, que en este tiempo yo la he estado ayudando mucho, y Estrella ya sabes que no entiende de nada, que siempre ha sido una niña mimada. —Sacudía la cabeza como aquel día del conejito blanco, de lado a lado—. Estrella no va a ser capaz de llevar para adelante esto, y Dolores ya sabes cómo trata a tu prima, que se cree que en vez de tu prima es tu hermana. Dolores a veces no entiende nada nada nada. —Manuela no contestaba, no movía un músculo de su gesto—. Tú piensa que ahora, cuando Dolores se vaya, alguien tendrá que hacerse cargo de los olivos, que son ya muchos años, y el pueblo necesita a la finca de las mujeres de la familia Medina, y yo no seré Medina porque uno no elige su cuna, pero ya sabes que si alguien sabe de esto es tu Juana. Que la casa es muy grande y son muchos olivos, que son muchas las mujeres trabajando, y que Estrella no entiende. Eso ya lo sabes tú bien, no entiende de nada. Así que no te preocupes que lo tengo todo bien planeadito, Manuela. Que Dolores igual te ha hecho venir para que firmes los papeles de la finca, pero yo te cuento todo esto para que estés bien preparada cuando Dolores te llame. Que la finca es tuya, de nadie más, y que tu Juana te va a cuidar siempre.

—Qué papeles, Juana.

—Cosas de herencias, mi niña; pero tú no dejes que te engañe Dolores, tú no dejes que te quite nada.

—Yo no quiero nada. —Salió aquí más rabia de la que la propia Manuela esperaba.

—No digas tonterías, anda, anda. Que uno no elige el ser Medina ni el no serlo. Esto es tuyo y más que tuyo. Y yo, contigo. Tú y yo solitas, mi Manuela. Ay, ay, cuánto te he esperado, bonita. Mi niña. Mi niña pequeña.

Segundo acto

IRA

X

—Casi llego a los cuarenta y tan poco me conoces —le dijo Manuela desde la puerta.

—Porque te conozco, lo hago.

Dolores Medina había esperado a su hija con un vaso de aguardiente sobre la mesa de la cocina. La luz amarilla de la lámpara sobre la mesa rebotaba en los hielos, donde Dolores reposaba ojos y oídos hasta el momento en que entró Manuela.

Las dos mujeres no habían cruzado las miradas en todo un día, pero Dolores sabía bien del temperamento de su hija, y es por eso que esperaba verla aparecer justo cuando la ira se le rebosase sin remedio, como un cinturón apretado tras la contención estrecha de las horas del día. Dolores sabía que solo tendría que aguardar, que esperar al momento adecuado sin prisa, y que así la ira precipitaría un encuentro que ambas, la madre y la hija, habían esperado y temido, sobre todo evitado, por mucho. Por eso fue que cuando Dolores vio a Manuela entrar, maleta en mano, abrigo arrugado como colgando en la otra, no cesó el tintineo de sus hielos en el vaso. Aun sabiendo el efecto que aquello tendría en Manuela, aun sabiendo que su silencio no hacía más que contribuir a la agitación de su hija. O quizá, puestas a hacer honor a lo que allí de veras ocurrió, justo por eso.

—Hacerme llamar para quedároslo todo. Para engañarme e invitarme a firmar mi muerte en vida.

—Ay, hija. No tiñas de drama lo que de drama nada tiene, Manuela. Tú te fuiste, tú nunca quisiste nada. Soy yo la que se muere.

—Nunca te he pedido nada, madre.

—Firma, entonces.

Dolores había dispuesto un bolígrafo negro sobre un fajo desparramado de papeles impresos, y la hija tuvo que hacer acopio de fuerzas para no escupir sobre ellos y correr. Pero algo le impedía esta vez huir como lo había hecho antes, algo que la ataba a la tierra que la vio un día nacer; un instinto primario que le ardía con violencia bajo las tripas y la obligaba, por una vez, a no ceder. Una fuerza tan grande, o más, que el orgullo de Manuela, y aquí es preciso recalcar que el orgullo de Manuela era una fuerza tan grande como la más grande de las fuerzas.

—Pero esto es tan mío como tuyo. Es tan suyo como mío. Todo esto —dijo alzando los brazos.

—Pero no lo quieres, Manuela. Tú nunca lo has querido. Y a mí aquí me queda poco, ya te lo ha dicho prima Estrella, y hay que dejarlo todo en orden para cuando llegue el momento. Tú no sabes nada de la siembra, ni del regadío. Nunca entendiste el vareo, ni lo quisiste entender tampoco, no nos vamos a andar con remilgos a estas alturas; las estaciones, la recolección de la aceituna, nada te gustó, nada de eso. Por el amor de Dios, no aprendiste ni a hacer salmuera, Manuela. Si hasta el olor te molesta. Una firma y eres libre —dijo estirando el bolígrafo en dirección a su hija—: yo me voy, y a ti los olivos nunca te hicieron fiesta alguna. Ni tampoco tú a ellos.

—Qué te vas a ir, madre, qué te vas a ir. Mírate. Toda estirada y bebiendo aguardiente como cada noche.

—Me quita las fatigas. —Y la contundencia en su voz convirtió lo que podría sonar a excusa en una explicación de facto.

—Desde que he llegado no has parado un minuto, no has necesitado descanso. ¿Que te vas a ir, me dices? Esto no es más que otra de tus argucias; una trampa para quitármelo todo como siempre quisiste, una trampa para dejarme con nada, quieres castigarme por haberte abandonado, es el pretexto perfecto; eso es lo que siempre has querido.

—No entiendes la recolección, y menos aún cómo tratar con las mujeres del campo, hija. —Dolores daba sorbos grandes al vaso entre frase y frase, rellenando el líquido uno o dos dedos cada vez con la botella, sentada con las rodillas ligeramente separadas y el pelo negro y canoso recogido con natural garbo en una coleta suelta—. Nadie te echó de aquí aquel día, tú decidiste partir con tus zapatitos nuevos y tus maletitas hechas. Y ni adiós, muy buenas, ni-na-da-de-na-da. A ti te gusta la finca de las mujeres de la familia Medina tanto como le gustas a la finca tú.

—Poco.

—Poco, no, hija. A ti esto no te gusta nada —concluyó Dolores—. Y nunca pensé en que llegaría el día en que querrías ser parte de esto. ¿Qué ha cambiado, dime? Quiero oírlo. ¿Qué te ha dado en la cabeza?

—Me voy, no aguanto otra pantomima. —Manuela no estaba dispuesta a ser pillada en un renuncio—. No contéis conmigo para quitarme lo que a mí me pertenece, que lo quiera o no ya es otra cosa, pero no tratéis de engañarme y manipularme con enfermedades incurables ni cuentos chinos. Solo yo decido si quiero o no quiero lo que es mío por derecho. Es mío, madre. ¡Por derecho!

—No son cuentos, hija.

—Vamos, que ya son muchos años, madre. Mírate. Solo mírate.

—Bien —dijo Dolores, quien se tomó el tiempo necesario para poner en su mente algo de orden—, tú quieres tu parte, yo te doy tu parte. No firmes si no quieres, pero oye esto: puedo favorecerte en la herencia o puedo perjudicarte. Puedo incluso vender la finca en vida, si eso es lo que a mí me place. Si tú quieres justicia, aquí la tienes: quédate y aprende de prima Estrella, ella de verdad puede enseñarte. Y cuando yo me vaya, gobernaréis la finca juntas, como buenas hermanas Medina, estaréis al cargo mano a mano y tomaréis las decisiones de a dos. Como hermanas que sois, hija.

—Como primas, madre.

—Tú y Estrella sois tan hermanas como tú y yo hija y madre.

—Mi madre, que no suya. —Manuela había dejado la maleta en la puerta y ahora se encontraba más cerca de Dolores, más alta, más fuerte, más henchida—. Querer quitarme lo que es mío para dárselo a quien no lleva tu sangre.

—Bah. Qué tonterías has dicho siempre, hija, qué es la sangre. En pocos meses estaré seca como una momia, tendré las venas como cordones de esparto, la piel pegada a los huesos, la tierra entrándome por todos lados. Qué importancia tendrá entonces la sangre.

Manuela paró un instante al escuchar de su madre aquel discurso fúnebre, se llevó una mano al vientre y sintió los pies enraizarse en el suelo. Al fin y al cabo una madre es una madre, a pesar de la hija y de la madre.

—No firmo.

—Por Dios y por la Virgen santísima. Llevas toda una vida fuera, no eras más que una cría cuando te marchaste. En ese tiempo Estrella me ha ayudado con todo. Con todo, hija. Es tu hermana pequeña, muy a tu pesar, Manuela, pero desde luego no al suyo, porque ella siempre te ha querido más, mucho más de lo que se quiere a una hermana.

—Debió ser para compensarme. Hasta ella notó tu ausencia.

—Qué ausencia, Manuela, si fuiste tú la que nos abandonaste. Aquí no ha habido más ausencia que la tuya.

—La del amor que me quitaste a mí para dárselo a ella, te parece esa suficientemente grande.

Dolores soltó el vaso de mala manera y apoyó ambas manos en el tablero con fuerza. Con la vista fija en los ojos de Manuela, avanzó un paso, hasta quedar más cerca. Otro paso; más cerca. Al punto, dijo lo siguiente:

—La finca ha de quedársela Estrella, y está en mi mano el legársela en vida, de modo que, si así lo dicto, tú quedarías sin ella. —Manuela retrocedió un paso al reconsiderar lo que estaba oyendo—. Si quieres compartir la herencia, he aquí mis condiciones. Óyeme, Manuela: te mudarás con nosotras y aprenderás todo lo que aún no sabes. Te levantarás temprano, cambiarás ese aspecto que traes por uno acorde a tu clase y tratarás a tu hermana como lo que es. Todavía me quedan unos meses, tiempo que habrás de entregarnos si quieres que no te quite lo que, según tú, te corresponde. No traspasaré el trabajo de toda una generación de mujeres a quien no se siente Medina.

—Yo soy Medina, madre, más Medina que Estrella, más Medina que nadie.

—Eso ya lo veremos. ¡Estefanía! —dijo con la voz más alta—, tráele a Manuela ropas nuevas y prepárale la cama. Que al final ha decidido que se queda en casa hasta que yo me muera.

—No te mueres, madre.

—Nos morimos todas, hija. Y yo la primera.

XI

Manuela pasó una noche como las de antes. El péndulo que colgaba del reloj del salón de la chimenea dio las horas con intensidad creciente, marcando el ritmo y el volumen de su respiración a cada parada del segundero. Al cantar el reloj las diez, Manuela supo que esa noche sería larga.

Quedaban ya lejos las horas decentes del momento en que se decidió por reposar un rato la espalda en su cuarto, y no daban aún las dos de la madrugada cuando cayó en la cuenta de que, bueno, que por qué no, que podía dormir allí una noche más y ya luego vería. Tras las dos, el reloj tocó las tres, y con las cuatro sobrevino esa oscuridad espesa de la que solo hace gala el campo. De ahí a las cinco aprovechó Manuela para contar sus miedos por texturas y por capas de colores, y no habían entrado aún las seis cuando comenzaron a retirarse los primeros fantasmas en absoluto silencio. Porque sí, la finca de las mujeres de la familia Medina era conocida por muchas cosas, entre ellas por tener fantasmas, y fantasmas no de los que levitan en lo oscuro cubiertos con sábanas blancas y agujeros mal hechos, fantasmas de los de carne y hueso: de los que se sientan contigo y te piden que les hagas un hueco, de los que no se despegan de ti hasta que el reloj anuncia que al fin, contra todo pronóstico, sobreviviste a la llegada del alba. Pero eso es historia para otro momento.

Los primeros sonidos de los vivos vinieron por parte de Elvira y Estefanía. Cacerolas y sartenes, tazas chocando y mesas camareras rodando a saltos por las juntas de las losetas del suelo. Manuela, aún confundida y con la punzada en la tripa que dejan los espectros y los miedos, corrió a subir la persiana que había quedado abierta un poco más de dos dedos, en busca del calor que en las noches perdía el cuarto. Sintió los pies crujir del frío al descalzarse sobre la baldosa de barro, y así un recuerdo se enlazó con otro, y aquel otro con el siguiente, de tal manera que a Manuela, a pesar del paso del tiempo, le pareció que no era del todo bizarro salir de un salto por la ventana hasta el patio, como había repetido cien veces de niña cuando necesitaba retirarse del mundo y resguardarse del resto de las mujeres, cuando quería llorar a solas, cuando quería reír sin ser vista, cuando necesitaba de poner tierra entre medio y que nadie pudiera encontrarla.

Agarró del armario empotrado lo que antaño fue un abrigo suyo, anudó sus zapatillas verdes y se dejó el camisón de franela abajo. Notó que apretaba más el botón de la cintura, pero obvió al bebé y pensó que bueno, que no en vano habían pasado veinte años. Miró su maletita llena en la esquinita del cuarto y decidió no tocarla aún, no cerrarla, no abrirla, no tenerla en mente al menos por un rato; dejar así que el aire recio de la mañana le congelase las mejillas, le devolviese la claridad mental mientras salía a escondidas a pasear por el patio. Y entonces, con más torpeza que soltura, con las fatigas de la mañana y la mano protegiéndose el vientre bajo, con la naturalidad tranquila de la que no teme al salto y aún menos al vacío, brincó Manuela Medina de su habitación al patio.

A mitad de camino la sorprendió el sol levantando el día, justo a medio perderse entre las hileras de olivos. Llevaba el paso lento y fatigado, solo acelerado por el rocío que aquí y allí le salpicaba las piernas desnudas, y las voces de la mañana llegaban hasta sus oídos con las corrientes de aire para llevárselas luego justo por donde habían venido. En todo un trayecto, pues era esta una de las muchas habilidades que Manuela tenía, no se cruzó con una sola alma. Aún recordaba los atajos por entre los troncos, los pequeños valles del terreno, las llanuras, aquellas zonas en las que agachar la cabeza y aquellas por las que apretar la marcha. Caminó sin descanso a través de las filas perfectas de olivos, y aunque pudiera parecer perdida de haber sido vista a ras del campo, habría bastado con alzar los ojos para entender que Manuela sabía de sobra hacia dónde estaba dirigiendo el paso. Anduvo por largo rato, un pie tras otro, sin descanso. Dejó a un lado el pozo hasta llegar al camino de tierra, y marchó a través hasta comenzar a escuchar el sonido de castañuelas del agua clara del riachuelo. Allí paró hasta montarse en el amarillo, que la llevó sin prisa hasta aquel lugar que Manuela tanto había echado de menos durante aquellos años.

Al ver de nuevo su ermita, Manuela se sintió extraña. Nunca le parecía haber visto una ermita tan pequeña. Se apeó del autobús, colocó los pies juntos y alzó la vista hasta donde le daba el cuello. En lo que llevaba de camino, el sol había tenido tiempo de encenderle las luces al cielo, y por un momento recordó Manuela que el azul de su pueblo siempre había sido suyo, tan suyo como de su prima, o más, y también el pozo, el agua clara y la tierra del suelo; recordó la gravedad de aquel azul mientras lo dejaba caer sobre sus hombros como un bálsamo, y entrecerró los ojos para sentir la calma del sol de mañana. Vio entonces la espadaña que separaba la ermita de la línea del cielo, muy arriba y coronando la fachada, y las almenas escalonadas a cada lado del conjunto, como una escalera arriba y abajo, y pensó Manuela que aquel podría ser el sendero hasta el cielo, o que por allí quizá bajaran los que cada noche la visitaban. Vaciló primero y asomó un ojo por el ajimez después; y vio entonces la sacristía a lo lejos, la techumbre de madera a dos aguas. Contempló el entrar, pero luego decidió que no entra uno en lugar sagrado con lo que ella tenía dentro, y menos estando sola, y menos aún con aquel enfado, con las turbulencias en la mente que ella llevaba: los malos pensamientos, la envidia, los celos, su incapacidad para perdonar a la que de ninguna manera podía ser perdonada. «Qué hago, pensó. Qué hago, Virgencita, dime tú qué hago. Dímelo: me voy o me quedo». Pero no se adentró en la ermita. Lo pensó en su mente y desde afuera, no se atrevió a poner un pie dentro.

Y como buena peregrina, decidió en la misma puerta tomar asiento, en busca de consuelo y cobijo, en busca de tiempo en paz para la reflexión, con la esperanza angustiante de que allí sentada, quizá por transferencia divina, quizá por suerte, quizá por pena, le volviera la razón. Apoyó la espalda sobre el portón, se abrazó las rodillas y durmió hasta que el sonido de las ruedas del tractor le recordó que no podía demorar su decisión. Emprendió el camino de vuelta con piernas ligeras, aunque pronto lo notó: sintió las rodillas combatir en su avance, los pies luchar con la tierra, los brazos tratar de resistir la tela de araña que envolvía como en cúpula al lugar entero, a todos los olivos, a la ermita, al pozo, a las mujeres y a la finca; el tejido de red viscosa con sus infinitas hileras de acero que ya Manuela sabía que la atraparía otra vez sin que ella pudiera hacer nada para luchar contra aquello.

No supo decir si volvió andando o en un amarillo, el caso es que regresó.

—¡Manuela! —le gritó alguna mujer al verla aparecer de vuelta.

Pero Manuela no salió a su encuentro. Corrió al cuarto y cerró el pestillo antes de toparse con alguien más, atrancó la ventana y pensó que igual hasta allí no había alcanzado la red. Apoyó las palmas contra la madera astillada de la puerta y agachó la cabeza, repitiendo en un murmullo: «No te preocupes, bebé sin nombre, mamá sabe bien qué hacer».

Y así, con todo el miedo que traía Manuela a la finca, con su barriguita llena, sus vergüenzas, sus fantasmas y sus miedos, con todo a la vez, se la vio abrir la maleta sobre la cama deshecha y colgar uno a uno sus diez vestiditos y sus doce mudas, colocar en los cajones sus dos mantitas de punto entre bolas de naftalina, sus camisitas blancas, sus rebequitas de punto y su bolsita hueca de organdí. Y al acabar, corrió las cortinas blancas de un solo golpe, dejando entrar el sol de levante para calentar lo que siempre pensó que sería frío allí. Y así rezó para que todavía quedase mucho para la noche, para que el azul del cielo durara mucho aquel día y el péndulo del reloj del salón de la chimenea no volviese a cantar las diez.

XII

Se supo que Dolores se había levantado aquella misma mañana pensando como lo que sigue: «Nada ha cambiado Manuela. Ni mucho ni poco. Nada. A qué el interés repentino por la finca. No será por mí, porque aunque ella no crea que yo en verdad me muera, no puede ser el motivo: A Manuela en el fondo poco le importa que yo viva o muera. Le da igual estar más cerca o más lejos de lo mío una vez que yo me vaya; le dan igual los recuerdos y esas cosas, ella no es sensiblera en nada. Debe de ser otra cosa, imagino, y por más que pienso no encuentro —y mientras esto sopesaba, recorría los muros de tierra y cal viva, y se apoyaba en ellos con las palmas para facilitarse el paso—. El dinero no ha de ser tampoco, pienso yo, porque Manuelita nunca se anduvo con remilgos para eso, no era niña de caprichos, ni de pedir más de lo que yo le daba. A ella no le han afectado de nunca los inviernos largos, la humedad de estos muros, los fríos lentos de febrero. Nunca necesitó más que dos mantas: ni estufas de leña y carbón. Ni abrazos siquiera. Si se fue a pesar del dinero, tampoco la puede haber traído eso. Es obvio por sus zapatitos y su aspecto que muchos lujos no habrá tenido, pero Manuela no es tonta, la niña tonta nunca ha sido, y siempre se ha mantenido solita, sin más ayuda que la de nadie, o eso pienso yo, que igual Manuela estos años ha cambiado y a saber, pero al verla de nuevo pienso que nada ha cambiado, porque cambiar, nadie cambia nunca, que sigue sin querer limosnas, sin quererme a mí, sin necesitar de mucho. Ella fue siempre recia como lo fue mi madre, si es que hasta los ojos los tenía igual que madre cuando era niña: Manuelita miraba justo como miraba su abuela y eso se vio desde el instante mismo en que entró en el mundo. Y a su abuela Amparo tampoco le hacía falta más que agua para calmar la sed, un pan duro para el gazpacho y un camisón calentito, y con eso solo ya montó aquí todo este circo, a base de arremangarse bien los delantales y no cogerse baja un solo día. Y Manuelita se parecerá en mucho a su abuela en lo de no necesitar dinero y en esa forma de mirar como de vieja, pero en lo del trabajo en el campo se parecen más bien poquito: la abuela sabía, y sabía mejor que nadie en todo este pueblo, hacer salmuera. Y si no soy yo la que la trae, porque Manuela nunca fue de tenerme mucho cariño, y no lo es el dinero tampoco, solo nos queda una opción, que es Estrella. Será que el odio mueve más que la falta sola de cariño, debe de ser esa venganza suya por quitarle a Estrellita lo que no quiere que yo le ceda. Pero cómo no le voy a dar yo a Estrella lo que es suyo —pensaba Dolores sobre el azulejo del mosaico que había en el suelo de la recepción circular de la finca—, cómo no voy a dárselo yo a Estrella: si aquí en estos dos escaloncitos fue donde mi niña se partió la paleta siendo tan chiquita, aquel día en que corría tras el dichoso conejito blanco de Manuela; cómo no voy a darle a Estrellita lo que ella se merece, después de la de tardes de costura que hemos echado en el patio junto a la huerta, las dos como madre e hija, haciendo nuestras labores al acercarse el verano, bordando mantones que más tarde cedíamos para que se engalanasen los balcones cuando la ocasión lo mandaba; o mejor, ay, mi niña Estrellita, en los domingos de invierno de paseos a caballo, los galopes a ras del riachuelo montando a la vaquera: Estrellita siempre fue más valiente que Manuela. Manuela —pensaba Dolores de ceño fruncido—, tú querrás quitarle a Estrellita la finca, el dinero, los olivos y los caballos, pero lo que no podrás quitarle nunca a tu hermana es esto que ella y yo tenemos, este cordón a pesar de la sangre que a ella y a mí siempre nos ha atado. Si tú supieras, Manuelita, pero qué poco sabemos o qué poco queremos saber, que es parecido pero es distinto».

Y todo esto y muchas cosas más pensaba Dolores mientras andaba de cejas juntas a través de las columnas del patio, mientras atravesaba el zaguán antes del pasillo de cal viva, todo esto pensaba y más cuando se encontró de golpe a su hija, quien después de una mañana entera en su habitación podría haber encontrado la fuerza de por fin enfrentarse a Dolores, y antes de explicar lo que allí ocurrió aquel día, es mejor que advirtamos lo que en la mente de Manuela se había puchero durante el camino de la ermita a su cuarto, que se supo que fue algo así: «Estrellita, Estrellita. Siempre a la chita callando. Con lo que yo la cuidé de pequeña y así me paga, urdiendo un plan con madre para quitármelo todo. Y en el teléfono, con la voz como un arroyo fresco, que me hizo creérmelo todo. Que mamá nos necesita, decía. Mamá para ti, Estrellita, que para mí fue solo madre, a pesar de que la tuya nunca fue sangre Medina. De segundas, eso seguro, algo de Medina te salpicó de tía Inma, y más cosas te salpicaron de ella: de ella sacaste lo infantil, aunque los aires de alturas los cogiste de madre. Ya lo veía Valme cuando venía a jugar conmigo a casa y tú la tratabas como si ella fuera nadie. No había forma de quitárteme de las faldas. Que yo te enseñé a ti la comba, los cromos, el trincarro, todo Estrellita, todo lo que yo fuera a hacer con Valme, a ti también te llevaba. Pero tú te reías de mi amiga y ella era dulce contigo: cuando se comía palabras, o cuando su ropa olía a pimentón, a tomillo y a comino, cuando los dedos se le habían amarilleado de trabajar con sus tías el azafrán, tú te reías de su trabajo en la plaza. Y madre te aplaudía aquello: Valme no es como nosotras, hija, Valme es distinta, ella es hija de rellenadoras, y sobrina de comerciantes de especias, su futuro es ese puestucho de canelas de la plaza; vosotras, las Medina, sois más que eso. Y las dos juntas representabais a la fuerza los peores pecados del sello de la casa: la altanería y la ligereza. Y ahora que os veo —había pensado Manuela mientras colocaba sus vestiditos uno a uno en el armario empotrado de su cuarto—, pienso que en el fondo nada ha cambiado: Estrellita, tú tan no te estreses, prima, tú tan mira tu pueblo que está muy bonito, a qué tantas prisas, tómate un momento; y madre mientras en la casa sentada, esperando tranquila con los cálculos fríamente hechos: lo que tiene y lo que le queda, a quién le deja y cómo librarse del resto. Pero he de decirlo, Estrella: traerme engañada, prima, engañarme con la muerte para desheredarme —y mientras esto pensaba, cerraba el armario con una llave pesada que metía en el bolsillo de su abrigo ya pequeño—. Eso de ti no lo hubiese esperado. Porque serás como seas, pero pensé que después de lo que hice por ti aquel día, nunca me la habrías jugado. Y lo creí pero bien, Estrellita. Y tanto que madre decía que tú a mí me adorabas. Estrellita por ti bebe los vientos, hija; ya veo, madre, ya veo. Si tú supieras de Estrellita, madre, menos la habrías querido. Mucho menos. Pero allá vosotras con vuestros líos, yo tengo la línea clara de lo que es malo y lo que es bueno: y no sucumbiré a las amenazas de madre, no me voy y además no firmo; aunque sé que una firma es lo que en el fondo quiere, aunque me pida que me quede con la prima: ella sabe que estar aquí es para mí el infierno. Pero esta vez las cosas son diferentes: me quedo, les guste o no a las dos, este bebé sin nombre merece tener un techo. Y aún menos descubriré a prima Estrellita: mamá eligió quererla más a ella, no seré yo la que le diga por qué no debería de hacerlo. Los secretitos de mi prima están a salvo conmigo —pensó para sí Manuela mientras salía del cuarto y se topaba frente a frente con Dolores—, no queremos disgustar a madre revolviendo un pasado que ya está bien revuelto».

XIII

Manuela aprendió de niña que la mejor manera de manejar la ira era rezar hasta que el ardor se fuera. Ella sentía la ira justo así: notaba la masa de sangre caliente subirle de abajo a arriba como un río de lava a las puertas de un volcán del infierno; sentía la nuca endurecerse y las mejillas salpicarse con un color purpúreo, las piernas prepararse para el galope —las rodillas apretarse, la parte interna del muslo contraerse—, las manos entrecerrarse para agarrar con fuerza las crines del caballo de carrera que solo ella sabía que llevaba dentro. Solo ella y también Dolores, que era la otra persona en el mundo que sabía bien cómo despertar el caballo negro que habitaba casi siempre dormido en Manuela.

Y como Manuela ya era mujer de canas y de alguna manera siempre lo había sido, no dijo una palabra al toparse de bruces con Dolores. Porque una solo controla un caballo en la cuadra, una vez campo a través el caballo obedece solo si el caballo quiere, y eso bien lo sabía ya Manuela a sus casi cuarenta años. Dolores, que era viva y sabía cuándo rascar, intentó sonsacarle sus intenciones al verla, pero Manuela supo mejor y calló. Había aprendido que hablar con ira solo le traía nuevas preocupaciones: las palabras y las acciones tienen siempre poca vuelta. Calló aquella mañana y calló al menos los siguientes seis días, para repetir con paciencia su vía crucis a la ermita una y otra vez con convicción de peregrina. El ritual resultó ser una y otra vez el mismo: cruzaba el campo de punta a punta siguiendo la dirección que marcaban las diferencias de los olivos. Aquel de ramas enclenques, tuerce a la derecha. Tras ese con tres brazos que se cruzan, a la izquierda. Aquellos dos troncos gemelos me indican que voy por buen camino: estoy a menos de cien pasos de alcanzar el pozo. Y una vez llegado al pozo, el sonido del agua me guía hasta por fin dar con el riachuelo. Tantas veces había hecho ese camino Manuela que en el fondo podría haberlo hecho de ojos cerrados, pero tras tanto prefería guiarse por señales externas y no fiarse de su instinto. También a no fiarse de su instinto había aprendido Manuela durante aquellos años.

Muy en el fondo, las condiciones que la madre le había impuesto le parecían justas, si es que la justicia se parecía en algo a esto: Manuela entendía que debía de aprender el oficio para heredar su parte de la finca, pero eso no le hacía más soportable el dolor de estar allí junto a ellas. Y menos aún las fatigas, que le venían en olas con el olor de la aceituna pisada y la perseguían por cada rincón de la finca, sin tregua ni oasis en donde poder parar para respirar aire limpio y neutro. Tampoco su mente le ofrecía remanso: la traición a la que su madre y su prima la habían sometido, o ella sentía que la habían sometido, le seguía quitando el sueño. Estrellita, que ella a su forma siempre había querido, que ella había cuidado, guardado sus secretos, defendido las pocas veces que había hecho falta, le había mentido. Todo eso pensaba Manuela. Cada mañana en su camino a la ermita había pensado en cómo Estrella la había llamado engañándola sobre una enfermedad que no parecía tener la madre, o no parecía tan terminal al menos, y engañándola también sobre la necesidad de tenerla de vuelta en la finca, que Estrellita dijo que era para decir adiós a madre, pero nada de eso. Manuela pensaba que lo había hecho solo para manipularla con la herencia de la finca, sí, manipularla al estilo que tenía Estrellita, a la chita callando, como quien no quiere la cosa. Ay. Estrellita, Estrellita.

Los días en que acudía a la ermita seguía el mismo ritual sencillo. Sacaba su catecismo del abriguito y lo agarraba con una mano. En la otra sujetaba el escapulario que ya casi nunca se colgaba al cuello, fuera esto por vergüenza, por confusión o por culpa, y allí sentada en el escaloncito de la puerta, sin entrar ni atreverse a mirar mucho hacia adentro, comenzaba ella sus rezos. Un credo, tres padres nuestros, tres ave marías y a empezar de nuevo. Y al llegar las doce, como era de mandar, el ángelus, y después de eso, el primer misterio con sus letanías. Señor, ten piedad. Cristo, ten piedad. Señor, ten piedad. Cristo, óyenos. Cristo, escúchanos. Y Cristo le escuchaba. Cuando acababa, pedía con la boca chica a su Virgen de Valme, que ella sentía que la escuchaba desde dentro de la ermita —aunque hasta el tercer domingo de cada octubre, cuando la Virgen llegaba en romería, nunca estaba—, y apretaba los ojitos y el escapulario mientras pedía que le encendiera un farol al camino, que le enseñase el siguiente paso; que le concediera paz a su mente y un futuro a su vientre. Que no la dejara inundarse de lo feo que le traía el odio. Que no la cegase la ira. Que la ayudase a acariciarle el lomo al caballo negro que Manuela sospechaba que antes o después huiría desbocado. A veces también, entre rezo y rezo, se echaba una siestecita apoyando la nuca en la pared, y es que el embarazo a Manuela le había traído mucho sueño por el día y mucho tormento al llegar el ocaso. La despertaban los pájaros y el ruido del arroyo de su sueñecito, y al abrir los ojos siempre se sentía otra vez desolada: «Qué hago, Virgencita, dime tú qué hago. Dímelo una vez más: me voy o me quedo». Y la Virgencita, desde arriba, siempre le contestaba lo mismo: «Te quedas, niña. Al menos, de momento».

Y así, sin más trama que esta que os cuento, trascurrieron sin prisa los primeros días de la vuelta de Manuela a la finca de las mujeres de la familia Medina, quien pasó del miedo a encontrarse a madre enferma a no hacerlo, del miedo a perderla a algo peor, no hacerlo. Y aquellas contradicciones íntimas, aquellas vergüenzas de hija y de madre, lo cubrieron todo de bruma como a un sueño. Y fueron aquellos días los que volvió a enfajarse el apellido Medina por derecho, y notó que apretaba como antes, pero que encajaba, sin embargo, como un guante; volvió a oler el olivo y a notar aquella humedad punzante en el pecho. Fueron días de silencios de cristal fino, de palabras a media luz y de albero. De techos altos encalados, losetas de barro mojado y aquel verde hipnótico que descubría el sol al levantar la finca por las mañanas. Días en los que Manuela temió de veras que el caballo negro se parara de manos y comenzara a relinchar, y entonces nada la frenase, nada ni nadie consiguiese agarrar las riendas de aquel caballo desbocado; pero los rezos de Manuela permitieron que, a pesar de las mentiras y los desencuentros, a pesar de las amenazas, de los secretos, a pesar de todo, los rezos permitieron que el caballo continuara su camino al paso sin hacer ruidos ni aspavientos. Como una buena mujer Medina. Como se lidiaba en esa finca con las cosas, como se había lidiado siempre. Como mandaban los olivos a pesar de los vientos. Sin ruido, sin quejido. En completo silencio.

XIV

El 12 de marzo de aquel año, justo a cinco meses de que volviera a cambiarle el rumbo a la historia de las mujeres de la familia Medina, fue el primer día en que Manuela decidió que había llegado el momento de enfrentarse a la realidad de lo que estaba afuera de la finca. No eran las mujeres Medina las únicas que le erizaban el vello, todo su pasado lo hacía: las calles del pueblo, las palmeras, las campanas de la iglesia. El resto de las nazarenas en general y en particular una. Y aquel 12 de marzo, al despertar y antes de caminar hacia la ermita, pensó que aquel sería el día en el que por fin se enfrentase a todo lo que por tanto la había acobardado.

Daba el reloj las ocho menos cuarto cuando ya escuchó la voz de Estefanía. Manuela acudió, como cada mañana, callada, y se comió su pan de hogaza calentito mojado en aceite de oliva, separando con los dedos el bollo a grandes trozos, saboreando la miga compacta, masticando bocado a bocado sin pausa y también sin prisa. Ella tenía dicho a Elvira que lo tuviera todo listo para esa hora, que sabía que Estrella y Dolores aún dormían, ellas eran más de noches largas, gustaban de levantarse siempre bien empezado el día. Rehusó otra mañana más del café y del jamón, que no tenía ella claro cómo le sentaría. Elvira insistió: «unas lonchitas solo, que es jamón del bueno, niña», pero Manuela con pan y aceite ya tenía. Ese sabor se lo había llevado ella a los demás sitios, donde siempre le parecía que el pan era duro e insípido, y el aceite descolorido, acuoso, así que aunque el resto del tiempo era de comer poco, no perdía el desayuno ni un solo día. Y al llegar la noche, cuando se recogían hasta los bichos de la finca, Manuela, antes de meterse en el cuarto, a veces desayunaba de nuevo, empezaba otra vez de noche un nuevo día. Un trocito de pan de hogaza. Un cuenquito con aceite de oliva.

Tras eso, se arregló en muy poco. Como había ocurrido en su pequeño ático, el espejo del que disponía en la finca era viejo y no precisamente por el uso sino más bien por lo contrario. Tenía motas de antiguas caídas y una ligera desviación de punta a punta que deformaba una imagen que, de igual manera, a Manuela siempre le había parecido que poco lucía, y que lo poco que le importaba tampoco tenía más arreglo, así que a qué perder energías. Cogió, sin embargo, su abriguito más nuevo, que escondía mejor su falta de cintura y sus pechos engrandecidos, y cepilló las ondas de su pelo para acabar por recogerlas en un moño prieto. Eligió colores neutros para no dar por sentado cuál sería el tono del siguiente encuentro: un pantalón recto y una camiseta interior de colores oscuros, nada de cinturón ni de complementos.

De camino al cobertizo, Juana la paró del brazo para preguntarle sin rodeos:

—Mi niña pequeña —le dijo acariciándole la espalda de arriba a abajo—, qué bien que te hayas quedado. ¿Verdad que no firmaste?

—No, Juana.

—Bien, bien. Tú no firmes nada. Tú te coges lo tuyo, que es tuyo y no de Estrella.

—Madre dice que también es suyo, Juana.

—¿Y qué te ha pedido a cambio la jefa?

—Que aprenda.

—¿Y qué más?

—Nada más. Solo eso. Que si quiero la finca tengo que aprender, que si no se la dará a prima Estrella.

—Tendrás que aprender, entonces. Y yo te puedo ayudar con todo, ya sabes que yo…

—Pues no sé, Juana, en esas me encuentro. Aún sin saber qué me espera.

—Anda, anda, Manuelita. Corre, sigue con tu camino, que yo no te entretengo.

—¿Cómo llego al centro, Juana?

—En el amarillo.

—En autobús tanto rato no puedo, que necesito aire, Juana; cogeré mi bici.

—¿Pero en bici hasta tan lejos?

—Si estoy hecha una niña.

Juana dudó, pero recordó que si algo tenía Manuela era la cabeza más dura que el cemento; así que en vano sería llevarle la contraria, porque de igual manera ella acabaría por hacer lo que quisiese, de nada serviría tratar de convencerla de algo diferente.

—Dale un abrazo a esa amiga tuya. Hoy lunes estará seguro en su puesto.

En su camino al cobertizo se topó con la antigua almazara de la familia. Las Medina nunca habían tenido aceite, lo suyo era la aceituna entera, pero Dolores, que siempre había sido débil con los caprichos de Estrellita, decidió comprar una pequeña para que jugaran las niñas. Su hermana Inma le riñó por comprarle a su hija algo tan aparatoso, pero Dolores se excusó diciendo que así su sobrina jugaría junto a Manuela, y aunque no era solo por eso, las dos se lo creían, o las dos querían creerlo. Y a pesar de que llevaba sin moverse desde que Manuela marchó —Estrella nunca contempló la idea de hacer aceite sin su prima—, el olor a alpechín que vivía en su recuerdo la embistió de golpe cuando apoyó la palma sobre la solera. Tantos recuerdos y los que venían. Una lágrima saltó a la caliza. «Ay, Estrella —pensó—, qué pena. Con lo que nos hemos querido y al final te has convertido en madre, te pareces en todo a ella».

Cerró la puerta y se apresuró a alcanzar su bicicleta. La esperaba el pueblo entero: El quiosco del centro, que con sus revistas, sus chucherías y polos helados desafiaban a la vida nueva. La Iglesia de Santa María Magdalena coronando la plaza de los Jardines, las palmeras orgullosas, la fuente de piedra gris, los brillantes adoquines negros.

La esperaban las mujeres de la plaza a la que solía llevar en mano la aceituna mejor escogida: la más limpia, la más perfecta. En el pueblo esperaban a Manuela los fantasmas de otros tiempos, los que no se habían ido a ningún sitio, los viejos odios, los cuchicheos. Las envidias, las vergüenzas, las comparaciones, los miedos.

Todo esto la esperaba. Esto y Valme, que de todas las personas que ella pensaba ver aquella mañana de un 12 de marzo, Manuela era, de todas todas, la que menos había pensado.

XV

Aquellas dos ruedas eran todo lo que le hacía falta para viajar por el camino de su pasado: Manuela se dirigía con manillar firme al centro del pueblo, un pueblo donde se preparaba para enfrentarse a cada uno de sus recuerdos. La conversación con Juana le había resultado de alguna forma convulsa, como siempre le ocurría incluso con el intercambio de unas pocas palabras, pero es que con Juana ella nunca sabía. Con eso y con todo, fue poco lo que tardó en sacudírsela de la cabeza: tan débil era la huella que esta siempre le había impreso.

Antes de sacar su bicicleta del cobertizo se acordó de meter su cesta de esparto en el canasto: no tendría la vergüenza de visitar a Valme sin llevarse algo de su puestecito después de tantos años. Debía calibrar con precisión aquel momento. No querría parecer demasiado suelta: más de cinco bolsas de especias la harían resultar condescendiente y recargada; o peor: culpable. Dos, tres, sería un buen número: conservadora y generosa, pero de ninguna manera presumida o pretenciosa. Toda preparación resultaba poca, quince años desde la última llamada y veinte desde el día en que compartieron un chocolate con churros en aquel barecito de la calle Pachico. Aquella tarde en la que Manuela se lo había dicho: «Me voy, Valme. Me asfixio».

Las primeras llamadas entre ambas fueron sinceras: que lo que necesites, aquí sigo, que nosotras seremos amigas siempre. Que nunca dejaremos de serlo. Pero fueron la lluvia, los cambios de estación, los nuevos amigos, los hablamos pronto, los todo estupendo, de verdad, amiga, los que desapercibidamente reblandecieron la línea entre estas dos viejas amigas. Y antes de darse cuenta, antes de que ninguna pudiera hacer algo para evitarlo, Manuela había olvidado cómo sonaba la voz de Valme como uno olvida un pasado que carga al hombro como un animal muerto; y Valme, que siempre había admirado a su amiga por su valentía —una valentía que ella no se podía haber permitido por más que le hubiese gustado—, acabó por darse por vencida y aceptar que Manuela no volvería a Dos Hermanas, que aunque la echase cada minuto de menos, la realidad es que había perdido a una amiga. Que Manuela, hizo a bien pensar, nunca fue del pueblo, y aquel muro, incluso antes de que se fuera, ya había estado siempre entre medio de ellas.

Y así transcurrieron los minutos, los días, las estaciones y al final, los años.

Valme colocaba la cesta con el tomillo cuando sintió una punzada tras el ojo izquierdo. Paró un momento, entrecerró los párpados, sacudió la cabeza para hacerlo desaparecer y lo supo: aquel día iba a pasar algo grande en el pueblo.

Lo de Valme con las punzadas en el ojo ya venía de lejos. No tenía aún los siete cuando su madre, la Pimentona, la llevó por primera vez a don Lorenzo: «Ay, padre, que Valme tiene algo muy malo. Que cuando le duele el ojo nunca sabe una lo que viene, pero que esto se lo tiene usted que arreglar o nos va a traer desgracias, que lo siente todo todito, todo lo sabe: eso no puede ser normal; bueno no puede ser, dígame la verdad, don Lorenzo». Volvió a llevarla dos veces más, pero a la larga, la Pimentona, que así la habían apodado ya de muy chica en la Plaza y así la había acabado por conocer todo el pueblo, terminó por encontrarle el gusto a aquella excentricidad de su niña Valme. El día en el que la carnicera murió, Valme ya lo había predicho la tarde de antes: «Me pica por detrás del ojo», dijo una vez desmontados los puestos. La pescadera corrió a comprar el cupón, la de las flores llamó a su tía que venía de camino para decirle que lo atrasara todo una semana, no fuera a ser que algo muy malo ocurriera en su viaje, y la carnicera, que estaba justo frente a Valme cuando lo anunció, no le hizo ningún caso. «Anda, Valme, qué te gusta asustarnos. Deja de decir esas cosas que nos traes mal yuyu». Y aquella historia de la carnicera, aquella desgracia de historia, ya sabemos todos cómo había acabado.

El camino en bicicleta por la carretera vieja le recordó lo particular de la velocidad a la que el paso del tiempo transcurre en los diferentes rincones del mundo. En cada año, en aquella carretera, habían cabido menos meses de los que manda el calendario; en cada minuto, menos, muchos menos de sesenta segundos. Así, mientras pedaleaba por la vereda de su pasado, sentía la ralentización en el paisaje fundirse contra la luz rota del frontal de su bici, y notaba el freno en todo: en el verde que nunca salía del todo, en el asfalto desgastado, en las curvas y en los cambios de pendiente, que le crecían al camino sin lucha, sin necesidad de movimientos bruscos ni de volantazos. Todo, absolutamente todo desde la finca de las mujeres de la familia Medina hasta el centro del pueblo gritaba lo mismo: «Por qué tanta prisa. No ves que el ritmo aquí es otro. Ve un poco más despacio». Pero Manuela, que había aprendido a correr con todos y a mirar lo justo para dentro, no escuchaba las perlas que le regalaba la carretera vieja, y no fue hasta el final del camino, ya en la entrada del pueblo, que tomó de una vez el aire que se había negado desde que salió aquella mañana del caserío.

El murmullo de la calle Real, de camino a Los Jardines, le trajo a Manuela el sonido de su infancia. El rumor de las risas de los niños rodando sobre los patines, el cuchicheo de las madres con los carritos y los locales de desayunos con sus cafeteras silbando resultaron encajar como una pequeña muñeca rusa en la huella auditiva de su memoria nazarena. A la llegada a Los Jardines, le sorprendió que todas las caras nuevas se parecían en algo a las viejas. Nada había cambiado del todo: los mismos adoquines brillantes, el gris desgastado del emblemático quiosco de Paco y la iglesia de Santa María Magdalena anunciando, con el mismo repiqueteo solemne con el que había anunciado tantas vidas y tantas muertes, la llegada del mediodía. A las doce, la parte alta del campanario tapaba el bajo de un sol que ya en marzo calentaba como para descubrir los hombros, y las palmeras de la plaza comenzaban a dar un cobijo que sería necesario al menos para la siguiente mitad de año. De allá al callejón de la Mina. Y allí más niños jugando. Niños por todos lados. Dónde habían estado todos esos niños durante aquellos años: Manuela nunca sintió tener a la infancia tan de su lado.

Vio entonces a una bandada de pájaros atravesar el cielo de punta a punta. Notó la brisa en la cara y un silencio extraño.

Las dos amigas sintieron un ligero temblor de tierra justo al momento de poner Manuela un pie en el mercado, y no percibió Valme estar de vuelta en tierra firme hasta verla caminar por el pasillo central que dividía los puestos de la plaza. Manuela, con los dedos enredados a la altura de su cintura, los labios apretaditos y su característico aire viejo.

Valme se parcheó un ojo con la mano y levantó la otra en lo que pareció un saludo: nada, por más aviso que su propio ojo le hubiera dado, la podía haber prevenido. Manuela Medina, su amiga del alma, su confidente, su compañera, su hermana casi, la mayor traidora con la que dio en su vida, había vuelto y eso ella no podía haberlo esperado.

XVI

La sensación que invadió a Manuela al entrar en el mercado de abastos le calentó el ánimo: todo conservaba el mismo ritmo, ni un poquito había cambiado. Los comerciantes cantando su género, el silbido renqueante de una máquina de café, el eco de los saludos, de los abrazos entre viejos conocidos, de la gente en los puestos pidiendo. Los olores —a diferencia de los ruidos— estaban fundidos en una sola nota: los aceites y los frutos secos, también la verdura y la fruta fresca. El dulzor de las flores sumado al de la harina del pan recién hecho; el glaseado de la bollería casera, el de las carnes crudas; el aroma agudo del hielo bajo el marisco y el de la humedad de la piel rasposa del pescado. El aire suelto gracias a la altitud de los techos, las fragancias de todos los productos juntos, la temperatura fresca para conservar los alimentos, el sonido de fuera silenciado por el de dentro: El mercado de abastos parecía un mundo aparte al resto del pueblo.

Valme se destapó el ojo al ver a Manuela acercarse en su dirección. Pensó, a decir verdad, que no tenía el mejor de los aspectos. No lo dijo porque Valme igual no era elegante, pero siempre tuvo los modales bien puestos, que la Pimentona no se andaba con tonterías cuando de niña trasteaba de un puestecito al otro y, antes de que te dieras cuenta, Valme estaba castigada en una esquina sin atreverse a rechistar ni un poco. Manuela pensó lo contrario: que a Valme la vida del mercado no le había sentado al final tan mal viendo lo que estaba viendo. Valme nunca quiso más que eso y Manuela no pudo más que envidiarlo. Ella también habría querido optar a ese tipo de felicidad si no hubiera sido porque nunca pudo hacerlo.

—Lolita —se oyó decir a las gentes del mercado del pueblo—, ¿pero puede ser de verdad ella?

Manuela siempre fue Lolita, la hija de Dolores, para María la pescadera. También para su hija la pequeña, con la que siempre se llevó de aquel modo, porque a pesar del olor a pescado la obligaban a jugar con ella. Fue Lolita para la carnicera y sus dos chicas, que desde aquel día fatídico regentaron su comercio sin descanso. Manuela fue Lolita para la panadera y la florista, para la Pimentona, la madre de su amiga del alma, para la lechera, la cartera y para todas las mujeres de su círculo nazareno. Para todas Lolita, menos para Valme: para ella siempre fue Manuela, su amiga del alma, la uña de su carne, la hermana que nunca llegó a necesitar.

—Una bolsita de pimentón de la Vera y unas hojitas de laurel para el puchero —dijo Manuela con las manitas juntas sobre el vientre y la sonrisa encogida.

—«Y dámelo del montoncito fresco que mi madre lo nota y me manda si no de vuelta» —dijo Valme imitando la vocecita que solía poner Manuela.

Los tres primeros inviernos tras la salida de Manuela del pueblo habían sido, por así decirlo, largos. Fueron inviernos fríos, en los que Valme sintió el peso de los días como una nube espesa sobre lo más alto de su espalda. Le costó salir y conocer nuevas amigas, ir a la Feria de Dos Hermanas, a la Romería de Valme, al Cine Español, incluso volver a confiar en alguien, aunque fuera para hablar un rato. Le costó volver a ser feliz. Esos fueron los días en los que Valme aguardaba la llamada de Manuela como quien espera sentencia de un juez por carta. Ella en el fondo deseaba que volviera, pensaba que no necesitaba nada más que aire, que antes o después superaría esas ansias tan intensas de separarse de su madre. Creyó que no era más que una fase. Al fin y al cabo, ella misma había tenido sus historias con la Pimentona, pero a ver, por el amor de Dios, que era su madre. Y una madre es una madre. Y recordaba de adolescente escaparse a casa de Dolores, que para ella siempre sería Lola, que Elvira le abriese la puerta y le pusiese torta de aceite y café cuando la veía llegar con los ojos amoratados y la nariz hinchada del berrinche de la edad: que mi madre es muy mala y no me quiere, que si solo quiere que piense como ella lo hace. Lo normal en aquellos años. Pero al tercer invierno Valme sospechó que Manuela no iba a volver. No que ella no supiese que lo de Manuela y Lola eran problemas mayores, pero siempre pensó que al final la sangre y el apellido arreglarían lo que al final siempre tiene que arreglarse. Y eso es lo que Valme ató en su mente cuando escuchó a Manuela Medina: que había llegado al fin el momento de arreglar lo que tiene que arreglarse.

—No pueden haber pasado tantos años, Manuela. Te veo desde aquí, me dices eso, y casi te imagino de puntillas estirando hacia mí el puño cerrado con los cinco duros que te había dado Elvira para los *mandaos*.

Manuela, que era de palabras cortas, de emociones revoltosas y contenidas, contestó ligero:

—Llegué hace solo unos días y es la primera vez que salgo.

Valme se quitó el delantal. Se dispuso a dejar el puesto. Levantó la balda de madera que separaba el mostrador del público y apoyó las dos manos en los hombros de su amiga. La miró de arriba a abajo y observó:

—Cuántos han sido, ¿quince?

—Veinte.

—Veinte años. Debes haberlo encontrado todo muy diferente.

—No tanto.

—Pues muchas cosas han cambiado, Manuela. Muchas.

—Ya lo veo. El mercado se ve muy nuevo.

—Son veinte años.

Manuela estiró los dedos y se miró las manos.

—Tenía que haberte llamado más. Tras la última mudanza una cosa me llevó a la otra y he tenido mucho trabajo, muy poco tiempo para nada, no es que no me haya acordado; en Zaragoza perdí la agendita de los teléfonos, en Andorra pensé en llamarte aquella vez que... pero ya en Barcelona no sé cómo decirte, me lie y entonces...

—Has conocido muchos sitios —replicó Valme—, te debe haber sido muy fácil dejar atrás tu pueblo.

—Al revés, Valme. Fuese cual fuese la habitación en la que pasaba la noche, al cerrar la puerta del cuarto todas eran Dos Hermanas. En la calle, al llegar el día, ya era otra cosa. Pero a la noche, con el camisón y en la penumbra, ya tumbada sobre el colchón, acababa por dormir siempre en mi pueblo. Y tú siempre estabas muy cerca. Créeme si te lo digo.

—No esperarás que me trague eso.

—Ay, amiga, no me lo pongas más difícil.

Valme sonrió un poquito. Solo un poquito.

—Vas a necesitar algo más que esta pantomima del camisón y del cuarto para que se me pase el disgusto. Pero ven. Dame un abrazo y cuéntame por qué me visitan hoy fantasmas. Dime, amiga. ¿Quién te ha rescatado a ti de entre los muertos?

XVII

Tras contarle Manuela lo justo y ni un poco más, cogió sin pausa el camino de vuelta. Habían sido muchos años de comérselo todo ella solita, así que había perdido el hábito de compartir y de confiar en más criterio que en el suyo. Aun así, siempre guardó el recuerdo de sus horas con Valme en alta estima. De alguna manera esperó que su amistad se conservase intacta a pesar de las grietas del tiempo, pero con solo una primera impresión ya sintió algo moverse por dentro: los ojos les habían temblado al mirarse, una piedra les había atascado las gargantas y les había hecho imposible el relajarse. No se preguntaron más que lo típico, no se contaron más que lo necesario. Manuela explicó a Valme el motivo de su vuelta sin entrar mucho en materia y Valme, que prefería ser conservadora en sus afectos y así no dar lo que después no le devolvería nadie, se despidió deseándole suerte en todo. «Cuídate mucho, Manuela —le había dicho—. Te deseo mucha suerte en todo». Así, sin más adornos ni concreciones. Suerte en todo.

Al separarse, Manuela se había llevado una mano al vientre. Valme se había tapado con la suya el ojo.

Marzo en Dos Hermanas podía ser un mes gris. Las nieblas de la mañana no acababan por despejar una vez despierto el día y el cielo se levantaba como una mariposa pesada con dificultades para alzar las alas. Manuela, con un ojo en la rueda delantera y la otra en el horizonte, observaba con inquietud el efecto de la brisa en las nubes: las veía abombarse y bajar despacio, preñarse, coger peso y perder la forma; romper la masa grisácea con la que amanecía cada mañana de marzo para formar ranuras oscuras aquí y allí en diferentes tonos de violeta. Mientras pedaleaba, pensaba en qué cerca le quedaba el cielo a la carretera vieja, pensaba en que aquel camino y aquellas nubes bien podían ser el camino hacia ella misma, hacia sus ánimos más reprimidos, hacia sus ansiedades más soterradas. Todo, lo de dentro y lo de fuera, parecía anunciar la llegada de lo mismo: Manuela ya sabía que se avecinaba la tormenta.

Aquel pueblo del que ya no se sentía parte, aquella amiga que hacía ya mucho que había perdido. La madre que se saltaba la sangre y la lógica de los afectos, una prima que con artimañas la traicionó. Átomos, moléculas de aire ejerciendo fricción a cada roce, como costaleros con la respiración encogida bajo el paso hombro con hombro; como un niño recién nacido el segundo antes de su primer llanto: apretado, purpúreo, hinchado, a punto de la ebullición. Todo eso burbujeaba en Manuela, incluso cuando no lo pensaba expresamente, todo eso se estaba cociendo en aquel instante, amenazando con explotar la tapa de su propia olla a presión. Y le costaba distinguir si el rugir de ruedas ocurría arriba o abajo, si el borboteo venía de ella, si el crepitar de aquel fuego que con tanta intensidad sentía sonaba fuera o dentro. Le costaba distinguir si el relinche del caballo negro venía del campo o lo llevaba ella interno.

Manuela Medina, que era bien conocida por responder mal a la ira, o directamente por no responder a ella, a la que siempre le faltaba carretera para correr cuando se le encendían las mejillas, sentía que su nuevo estado le impedía procesar las emociones como siempre lo había hecho: huir tras el enfado, torcer el morro ante el agravio; callar y rumiar sola, no decir lo que en el fondo pensaba, no involucrarse en causa que exigiese mostrar los colores ante sus adversarios. Algo en ella había cambiado y lo notaba muy dentro, y por más que intentaba, por más que lo procuraba con todas sus fuerzas, no lograba agarrarle las riendas al caballo negro.

Llegó a la finca con la frente brillante, con el pelo enredado y un pitido en el oído izquierdo. Le costaba respirar y tuvo que desabotonarse el abrigo: sentía que en las últimas dos semanas esconder el ensanchamiento de su cintura se había convertido en una cuestión menos de voluntad y más de fe. Manuela entendía que antes o después alguien lo vendría a notar, pero ya bastante había tenido con volver en estado a la finca; quería pensar que podría salir de allí antes de que nadie tuviese que saber mucho, guardaba la esperanza de que una vez muerta Dolores —que no que ella lo quisiese pensar así, que eso estaría muy feo, pero para atajar—, ella podría coger su parte de la finca y entonces adiós muy buenas, pero ahora que veía a su madre pasearse por entre los olivos dudaba de veras que solo le quedase un último aliento para estirar la pata, Dolores parecía tener más vida que Manuela y el bebé sin nombre juntos, que las jornaleras y todas las mujeres del pueblo, pero en principio no tenía otra que creerlo. Quedarse y aprender, para que en vida no le quitase su madre lo que por apellido era suyo: aguantar unos días, unas semanas o unos meses y entonces volar de nuevo. Vendería su parte, se llevaría lo suyo, y no por ella, sino por su bebé sin nombre, del que aún nadie sabía ni falta que iba a hacer. Manuela no quería escuchar a su madre decirle aquello de que te lo dije, aquello de que cuando uno escupe hacia arriba, o peor, aquello de que igual no somos tan distintas, porque ya bastante tenía con lo suyo, que lo suyo no era poco.

—Va a llover, mi niña. —Juana la esperaba a la entrada del cobertizo con una vara de nardos—. Va a llover, porque mira cómo se me han puesto los nudillos. Y la artrosis no miente. Y tú en bici, no tienes cabeza; anda anda, guárdala en el cobertizo, que en tu estado no te quieres coger un resfrío.

A Manuela se le congelaron las venas.

—Qué dices, Juana.

—Son para Dolores —y sacudió los nardos—, que ya sabes que le gusta que le huela el cuarto a la Virgen.

Para no entrar al trapo, salió en busca de Estrella. Decidió que ciertas cosas no debían dilatarse más: su prima, que la había traído a la finca con malas tretas, conspirando con madre en torno a los papeles de las Medina, esta vez la iba a tener que escuchar. Pero no iba a ser estúpida Manuela. No, no. Accedería a aprender durante lo que a Dolores le quedase para no perder su parte, y una vez que Dolores cerrase los ojitos y se fuese a donde se fue la abuela, pues ya ella vendería lo suyo o vería que hacer para no tener que quedarse. Pero ni Estrella ni madre necesitaban saber más de aquel plan.

—Prima, pero mira qué carita me traes, ¿es que allí donde vivías antes no te movías ni un poquito? Un paseíto en bici y mira cómo me vienes.

—Estoy más vieja que tú en todo, Estrella. Lo que ves es una prueba más.

Estrella caminaba de olivo en olivo con un cuaderno apoyado sobre un brazo. En la mano izquierda llevaba un lápiz con poca punta con el que tachaba con pequeñas cruces un cuestionario.

—Ha llegado el momento de que me enseñes lo que sabes. —Y sonó decidida.

—Pero ¿puede eso ser verdad? Manuela queriendo aprender el oficio. Dame una alegría y dime que te vas a quedar con tu prima.

—Ya te he dicho que soy más vieja que tú, Estrellita. —Entonces trató de endurecer el tono—. Escúchame esta vez. De verdad te lo digo: tú y yo…

—Tienes mal aspecto, prima. ¿Te traigo un banquito y una poquita de agua?

Manuela se miró la mano que se acababa de pasar por la frente. Vio el brillo borroso en las yemas, los olivos aumentar su tamaño y el olor de la tierra acercarse en un segundo. Por reflejo, se sujetó el vientre. Lo último que escuchó antes de tocar el suelo fueron los gritos de Estrella.

XVIII

Manuela sintió el peso de todo su cuerpecito contra el colchón de la habitación antes de dilucidar qué había pasado. Notó una nube abrirse paso a la par que despegaba con dificultad los párpados, y retirarse después con la calma con la que se retira la neblina en los cementerios, como un gato andando sobre la arena, dejando un rastro de silencio y misterio con ella. El pinchazo en el costado acabó por despejar sus dudas y pronto puso en pie toda la escena: Estrella gritando a lo lejos, ella misma cayendo.

El instinto le colocó la mano sobre su vientre abultado. Al estirar el cuello, se dio cuenta de que alguien se había tomado las molestias de tumbarla y cambiarle las ropas: se hallaba boca arriba, sin tapar, con su camisón suelto de franela y los piececitos al aire. La redondez en su estómago se alzaba obvia.

A su lado, una silla. En la silla, Dolores.

Coincidieron los cuatro ojos justo al momento en que se movió una nube, disipando la oscuridad del cuarto.

—Los mismos que a mí me daban, hija. En algo había de notarse la sangre. —Manuela no contestó y trató de ocultarse la barriga, en un intento vano de evitar lo inevitable—. Viene la doctora Milagros en camino, pero ya le he contado yo que no es nada que no se arregle en…

—Cinco meses —dijo Manuela girando su cuerpo hacia la ventana para dar así la espalda a Dolores.

—Dale gracias al desmayo, dáselas, que gracias a la caída a partir de ahora vas a poder dejar de salir toda ridícula y con la ropa chica. Que tienes ya años para otra cosa, hija.

Manuela tardó en contestar. Se le habían cogido los nervios en la tripa. Volvió a darse la vuelta.

—¿Desde cuándo sabes, madre?

—Desde que te embarazaste.

—Desde que me viste, dices.

—No, que no he dicho yo tal cosa. Desde que te embarazaste. A ver si te vas a creer que este agujero que tenemos en común en mitad del vientre es un bebedero de palomas.

—Mi ombligo te manda señales, madre. Eso me dices.

—Tú ríe, tú ríe. Escupe para arriba que…

—Oh, no. Créeme que ni pizca de gracia me hace esto. Ni pizca de gracia tener que escucharte. Pero no te compares. Oh, no, no y no —repuso Manuela al punto en el que trataba de recostarse—. No te vayas a comparar, porque no respondo. Esto que aquí ves, que no te confundan los ojos, no tiene nada que ver con lo que tú hiciste. Nada, madre.

—Qué lista has sido siempre, Manuelita. Más lista que ninguna. Cuéntame. ¿Y el padre?

—Tampoco eso te importa. Pero te diré que, a diferencia de ti, a pesar de ti más bien, sé perfectamente quién es el padre. Otra cosa es que a él le importe o que yo lo necesite de ninguna manera. Pero no dudaría un segundo si alguien me preguntara: tan claro tengo quién le dio vida a este bebé. Yo sí que sé bien quién es su padre.

—¿Y quién te dice que yo no sepa quién fue el tuyo?

—Vamos, madre. —Manuela con la espalda sobre la pared fría y las piernas desnudas sobre las sábanas de hilo blanco—. Nunca supiste quién era mi padre. Todo el mundo lo decía. Esa es la vida que has llevado y bien lo sabes.

—No, hija, no. Que no te lo contara a ti no significa que no lo sepa yo. Además, nunca presumí de ser lo que no era: A mí jamás me oíste decir que iba a tomar los hábitos.

La ponzoña de Dolores se le hincó a Manuela en un segundo.

—Las personas cambian.

—Y mucho —contestó Dolores acercándole la mano al vientre. Manuela se lo protegió.

—¿Es verdad que te mueres, madre? Dime, ¿es eso también una patraña?

—Nos morimos todas, hija —dijo señalándole la barriga a Manuela.

—Dime pues quién es mi padre. No querrás llevártelo a la tumba contigo.

—Ay, Manuelita. Qué poco voy a echar de menos tus reproches cuando yo me vaya. Y tú, dime. No te alejes más, deja de encoger las piernas, dímelo, vamos. ¿Lo echarás de menos cuando andes por aquí y yo ya no esté? Cuando pasees por entre los olivos y se te comiencen a envenenar como cada tarde las manos, se te empiecen a encender los ojos de rabia y entiendas que has envejecido como cualquier otra mujer: y que aquí estás, sin nadie a quien colgarle el sambenito del fracaso propio, la falta de dirección de tus muchos años. ¿A quién le echarás entonces la culpa de todas tus desgracias? ¿Me echarás entonces en falta? Juana siempre se prestará, estoy segura, vamos, que si lo sé. Comenzarás a cogerle tirria justo el día en que yo estire la pata. Ya verás. Cuando yo cierre el primer ojo ya habrás encontrado sustituta para toda esa ira que te araña dentro.

Un viento cargado sacudió las cortinas del cuarto. La luz de la habitación pasó en un suspiro de la mañana a la tarde, y ambas se llevaron las palmas a los codos para protegerse del tiempo en un gesto calcado.

—A Juana no la puedo culpar de lo que culpa no tiene. Que solo ella hizo de madre cuando yo a mi madre le sobraba.

—Pamplinas, nada más que pamplinas dices, hija. A Juana le dejaba yo darte una vuelta a la hora de las meriendas porque ella se quedó sin niña antes de lo que nadie debiera. Y a mí me daba lástima y me la sigue dando, no que yo no sepa lo que Juana en verdad es: una rata. Una rata que quiere todo lo que yo tenga. Pero a ella le gustaba venir y yo se lo permití aún a sabiendas de que trataría de ponerte en mi contra.

—Tú solita me ponías en tu contra. Tú solita has sido la culpable de que cuarenta años después se repita tu historia triste, de que tuviese que huir para volver sin nada, y al final traerme de vuelta con artimañas, que de otro modo sabes que no habría vuelto, y todo para recibirme como lo has hecho: qué gusto te debe de haber dado, madre, verme con el vientre lleno.

—Que no te vi, Manuela. Que yo sabía que estabas encinta y por eso te mandé llamar.

—¡¿Para quitármelo todo?!

El grito de Manuela se fundió con el de un trueno. La respuesta de Dolores no tardó, y atrajo toda la energía de un relámpago que iluminó ambas caras.

—Por el amor de Dios, Manuela, ¡para que volvieras de una puñetera vez a casa! Que ya está bien de esta charada de conocer mundo, que se te va a ir la vida en medio y luego es tiempo que no vuelve, ¿entiendes? Créeme que lo que después no vuelve es el tiempo. Reconoce que no eres tan distinta a nosotras, hija. Mírate. ¡Mírate! Eres mi hija, por mucho que no nos quieras a mí ni a tu hermana.

—Ay, si tú supieras de Estrellita, madre. Ni hermana ni hermana. No me líes, madre. Dime. De modo que lo sabes, que siempre lo has tenido claro y nunca me lo dijiste. Dime de una vez por todas. ¿Quién es mi padre? —Y Manuela sintió al caballo negro levantarse de manos sobre la cama de su habitación de antaño, con todo el cuarto en la penumbra y la sombra de sus cuartos traseros contra la pared iluminada por la electricidad de la tormenta—. Nunca tuviste derecho a ocultármelo. Dime por qué me lo ocultas. Dime, madre. Dímelo. ¡Dime quién es mi padre!

Manuela, por primera vez, pensó que obtendría respuesta a la pregunta que había guiado toda su existencia. De dónde venía. Quién era ella. Por qué madre no la había querido como debía, por qué nadie le había contado la verdadera historia de la familia Medina. Y también por vez primera se supo preparada para escuchar la respuesta que podría cambiarlo todo: fuese esa la que fuera. Cerró los ojos y esperó la estocada.

Un segundo, otro. Aún silencio.

Dolores se levantó de la silla y se acercó con certeza. Le cogió las manos y preparó el tono, segura de que había llegado el momento. Otro segundo, otro. Pero entones ocurrió algo: un fuerte relámpago acudió en su busca, un relámpago más blanco, más eléctrico y cargado. Alumbró la escena, encendió los miedos en sus caras y ambas supieron que había llegado la tormenta.

La primera gota contra el ventanal del cuarto les pellizcó a las dos el pecho. Dolores ya había visto esta tormenta antes: comenzó justo así, cuarenta años atrás, con el enfrentamiento de una madre y una hija, los nudillos de las gotas en la ventana y un relámpago blanco como una vela de un barco. Por eso temió lo que viniera después: que volviera a llover por más de cuarenta días, que los daños acabaran por alcanzar a las fincas, rebosar las albercas y anegar los olivos. Que la cosecha de todo un año se echara a perder.

Las ventanas se abrieron de golpe para dejar entrar un grito en el cuarto:

—¡Ayuda! —se oyó una voz salir del cobertizo— ¡Corred! ¡Ayuda, os digo! —repitió—. ¡Ha llegado la tormenta!

XIX

El viento azotó las cortinas y la imagen de la habitación se reveló al menos dos veces antes de que Manuela atinara a formar una actitud acorde al temporal. Dolores corrió, cerró bien las ventanas y la instó a permanecer a salvo, allí quietecita en la habitación, donde mejor guardada estaría de la furia que prometía la tormenta. Que no vas a poder ayudar en nada, le repitió, no te muevas, que es mejor que te quedes quieta, que ahora no puedo lidiar con esto, Manuela, que por favor que se estuviese calmada y quieta, sobre todo quieta, que todo iba a estar bien, pero que no saliera hasta que la que venía amainara. Que al final amainaría, le dijo ante la cara congelada de Manuela, quien se miraba con extrañeza las manos, unas manos que Dolores agarraba con fuerza a la par que gritaba: «¿Me escuchas? No te muevas de aquí, Manuela. Métete en la cama y te quedas quieta».

El Apocalipsis había aterrizado en el suelo de los ochenta mil olivos de la finca de las mujeres de la familia Medina. Era claro en la paleta del cielo roto, que colmado dibujaba violetas grumosos, negros opacos, naranjas lustrosos y relieves en los grises que burbujeaban aquí y allá. Las esquinas del firmamento parecían haberse estrechado para acercar el cielo a la tierra, los olivos estiraban las ramas para separar con dificultad las nubes de sus copas, y hasta la carretera de asfalto que partía en dos la finca, más alta que los vastos campos a ambos lados, se había desbordado en los primeros minutos de la tormenta. La finca amenazaba con desaparecer entre los azotes del viento y acabar por encallar en cualquier orilla.

Truenos, relámpagos, rayos. Los gritos del personal de las Medina y el crujir de todos los bichos del campo. Todos al unísono en una armonía fatal. Las balsas de agua que agitaba la tempestad llevaban la fuerza de cien olas, el viento silbaba hasta acabar por ahogarse bajo el agua y solo los olivos parecían soportar la violencia del rugido, solo sus raíces robustas los salvaban de dejarse arrastrar por la fuerza del agua. Aunque nadie sabía por cuánto tiempo.

Manuela, helada, con las palmas contra la ventana del cuarto, con las sombras de las gotas del cristal resbalándole sobre la cara, lloraba. La angustia le había sobrecogido el espíritu y tomó por bueno en el momento sacar su pequeño catecismo, enroscarse el rosario entre los dedos e invocar así a todos los suyos. Desafiar a la lógica y tirar de la intuición Medina, esa en la que hacía tiempo que Manuela no confiaba, pero cuando es el Apocalipsis el que se avecina, las mujeres del campo saben que los refuerzos habrán de llegarles desde arriba o no habrá consuelo.

Entre el constante empuje del viento y la lluvia, una voz se alzaba sobresaliente.

—¡Dejadlo todo, todo! —gritaba la madre—. ¿Qué hacéis allí? ¡Vamos! ¿Quién queda, quién sigue ahí afuera? ¡No quiero un alma fuera del caserío! ¡Carmina, al cobertizo! ¡Llama a Laura y a las hermanas! ¡Macarena, suelta esas herramientas que de nada te servirán si no entras! ¡Isabel, sigue a Elvira, síguela a buen paso, no te quedes atrás que no hay tiempo, vamos!

—Vamos, Estefanía —decía Estrella con más calma mientras la agarraba de una mano empapada—. Vamos, que mañana será otro día, hoy nos tenemos que poner a salvo, no mires atrás, no, no mires que todo va a estar bien, no llores, vamos, no pares aquí, venga, que ya estamos.

Mientras tanto, no muy lejos de donde la madre y la prima estaban, se encontraba Manuela con las manos muy juntitas y las rodillas ancladas al suelo. Con la fe de un desahuciado, recitaba a voz viva: «Abuelita Amparo, tita Inma: mujeres Medina, yo os ruego. Escuchadnos, que esto es caso desesperado. Yo sé bien que no he sido la Medina que ustedes habrían aprobado, no me olvido ningún día. Pero escuchadnos en esta, no nos dejéis hoy solas que las fuerzas del mal son muchas y poderosas. Venid a barrer con vuestras alas la ira de la tormenta, calmad la furia de estas costas, por lo que más queráis. No nos dejéis hoy solitas, abuela, tita, que lo perdemos todo. Proteged este lugar, esta casa vuestra y nuestra, honrad vuestro apellido y mostradme la fuerza del mío».

El rugido del trueno aumentó en su ímpetu. Manuela vio por la ventana a las mujeres bañadas por un agua que caía a chuzos en todas las direcciones. Las vio correr, agarrarse de las manos, protegerse unas a otras y guarecerse de los peligros que traía la electricidad del viento.

La desesperada imagen de los olivos luchando por la vida partió a Manuela en dos.

—¡Separaos de los cristales! —se oyó a Estrella decir.

Pero al cabo de un instante, acaso medio segundo, el viento cesó. Las mujeres despegaron los cuerpos de los cristales, se apretaron las manos con fuerza; el mundo guardó silencio. Antes de que nadie recuperase la compostura, un rayo, un gran rayo como un clavo ardiendo que cayó del cielo, partió el olivo más fuerte de todos en dos mitades exactas. Al rayo lo acompañó el trueno, que sobrevino con el crujido del firmamento, y un relámpago alumbró la finca entera en un momento.

Una gran llama hizo leña del árbol caído y una lengua dorada levantó los brazos sobre las ramas del olivo moribundo. La finca enmudeció: una tormenta similar había destrozado la cosecha hacía cuarenta años y las consecuencias reverberaron durante al menos los siguientes cinco como una gran onda expansiva. Cuando todas las mujeres, todas menos Manuela, que aún tenía fe en que las cosas podrían acabar de otra manera, habían asumido que esta tormenta les traería la misma suerte, algo imprevisible ocurrió.

Las llamas fueron ahogadas por un silencioso aguacero, y como si de un milagro se tratase —quizá fue un milagro o quizá no, eso solo Dios lo sabe—, el cielo perdió la oscuridad del tono. Un rayo, pero esta vez de sol y no de furia, dio a parar justo encima de la casa para calentar los corazones intranquilos.

Manuela alzó la vista al notar que el calor volvía a su pecho y antes de separar sus manos, recitó con los labios juntos: «Aquí están, bebé sin nombre. Conoce a mi abuela y mi tía, tus antepasadas Medina».

Tercer acto

NEGOCIACIÓN

XX

El primer rayo de sol engrosó su tamaño hasta convertirse en un gran canal de luz de la tierra al cielo. Facilitó que las moléculas de aire soltaran la humedad pesada que cargaban a hombros, ayudó a los muros de cal viva a secarse y a los ánimos, calmarse. Las primeras voces provinieron de la cocina, y aunque fueron ellas las que iniciaron el grito «milagro», a las suyas le siguieron a coro las del resto del personal de la finca.

Manuela se apresuró a la ventana con las manos en un pecho todavía encogido; gracias, gracias, pensaba al punto que imaginaba a la tita y la abuela retirarle el capote negro al techo del campo. El aire entró limpio y purificado tras la lluvia, y fue en ese instante cuando, por vez primera desde su vuelta, Manuela sintió que algo le unía inevitablemente a su casta, que una fuerza más poderosa que ella misma, que la finca entera misma, conectaba su pasado y su presente con un lazo firme que trascendía a su propio cuerpo. Nunca antes había pedido Manuela ayuda a su abuela, a su tía; nunca antes había Manuela osado a pedir nada a nadie, y aquella respuesta alta y clara había desterrado las dudas que ella pudiera haber tenido sobre las implicaciones de su sangre. Y de esta manera extraña, en la finca de las mujeres de la familia Medina, lo que pudo haber acabado en desastre no lo hizo aquel día.

Desde la ventana abierta vio el árbol caído y los ríos debilitarse con prisa camino de las acequias. Vio las ramas sacudirse quietas, sin perder los nervios, con una calma nueva, como lo hacen los olivos, que siempre parecen decir lo mismo —«a qué tanto drama», eso dicen siempre—; vio la fruta brillar vencedora entre las hojas, y los troncos volver a tomar el aire. La puerta del cobertizo se abrió y las primeras frentes asomaron con cautela. Manuela vio a todas las mujeres salir antes de decidirse a liberarse del confinamiento que su madre le había impuesto en su propio cuarto. Las vio a todas una a una. A todas menos a su madre y a su prima Estrella.

Las supuso en la cocina, que allí donde más jaleo hubiera, Manuela sabía que encontraría a su madre: siempre rodeada de las demás mujeres, siempre mandando y riendo, siempre el centro atento de las miradas de las otras. Destrabó el cerrojo y caminó por el pasillo hasta el lugar del que las voces nacían, pero a mitad de trayecto sintió el impulso de aminorar el paso. No era la voz de Dolores que sobresalía. La voz de Dolores la tenía enganchada al corazoncito como un hilito fino y deshilachado: por la razón que fuera, desde el lugar en que Manuela estaba, la voz de Dolores casi no se oía. Sí que se oía, sin embargo, el particular sonido de prima Estrella: «Vamos, mamá —le decía—. Que no estás para estos trotes, que te tenías que haber quedado dentro como te dije, para qué estoy yo aquí contigo. Que lo tienes que hacer todo tú, no tienes remedio, y mírate ahora, ¿es que no te da va a dar pena dejar así a tus hijas?». A lo que Dolores respondía con voz quebrada que por favor la dejasen de una vez tranquila. «Que salgáis de aquí —decía—, que ahora no estoy para vuestras riñas. Que no son momentos de eso. Que me dejéis cambiarme que hay mucho que hacer. Estrella, hija, déjate de pamplinas, que tu madre es Medina, que la sangre de los olivos nos hace recias, niña; no pensarás que este es mi primer rodeo, que son muchos palos ya en esta vida larga. ¿No me ves?, ¿es que no me ves? —repetía—; venga, salid del cuarto que he de cambiarme para poner orden y concierto ahí fuera. No me toméis por anciana que nada tengo de eso. Venga, vamos. Estos destrozos no los vamos a arreglar en un día».

Pero el ronquido del motor del coche de la doctora Milagros volteó cada uno de los cuellos de la finca. Desde las ventanas de la casa vieron al vehículo cruzar el campo como pudo, aminorando la marcha al pasar por los grandes charcos, torciendo el volante a un lado y a otro para sortear los peligros del camino anegado. La vieron después apearse del automóvil con un traje caro, con el maletín en una mano y un paraguas enorme bajo el brazo. La doctora cruzó la verja principal entre saltos y a pies puntillas, y poco antes de que alcanzase la puerta, Elvira ya había acudido a su encuentro.

Manuela caminó hasta la entrada para darle el recibimiento, pero aunque era justo a ella a quien la doctora había venido a ver en un primer momento, pronto salió Estrella al paso:

—¡Doctora Milagros! Venga, venga, que no veo bien a mi madre, que tiene muy mala cara, algo le está pasando.

Las primas cruzaron los ojos y Manuela temió que aquel duelo lento, de golpe y porrazo, se hubiera acabado. Temió que a aquella tormenta nunca le siguiera la calma y que sus peores pesadillas, esas que nunca se atrevió a confesar a nadie, se cumplieran allí mismo: que todo acabase antes de haber ni siquiera empezado.

—Prima, ¿qué pasa? ¡Dime! —dijo al ver que corría tras la doctora Milagros—, ¡¿prima?!

Manuela imaginó de lo malo, lo peor, y aunque perseguir a prima Estrella hubiera sido en las circunstancias lo propio, agarró una estola y salió sola de camino al patio. Tuvo claro a dónde se dirigía a paso ligero una vez cruzado el mosaico, así que caminó y caminó hasta notar la sangre bombearle en los tobillos y después en los muslos fríos y finos, finos como los de Dolores pero no como los de Estrella, y paró al toparse con las dos mitades del árbol que había herido la tormenta. Comprobó que su savia se había perdido en las aguas tempestuosas de la lluvia y lloró porque supo que aquel olivo había sacrificado todo por el bien de los suyos. Había asumido el peso de toda una tormenta en su pequeño cuerpo para cumplir con su propósito en vida, y quizá como Dolores Medina, aquel tronco que parecía recio y poderoso ahora yacía destrozado.

Volvió con los pies mojados, la cabeza hecha un lío, el corazón roto del susto y el caminar esta vez lento, cada vez más lento. Le tomó una vida asomarse por la puerta entreabierta de su madre, quien desde dentro y con los ojos cerraditos, dormía. Le habían cambiado las ropas empapadas y ahora, con aquel camisón claro y la manta cubriéndola hasta el cuello, parecía un pájaro al que la lluvia le había mojado las alas.

Manuela se llevó ambas manos a la garganta al verla. Quiso gritar y salir de allí, pero lo que escuchó decir en la habitación contigua a la doctora y a prima Estrella, la dejó muda:

—Se acerca el final, Estrellita. Otra como estas y Dolores no lo cuenta; que se quede en la cama, no la dejéis que salga en unos días. Y traédmela al consultorio entonces, cuando ya pueda moverse un poco, que le tengo que hacer pruebas.

Las cosas no pintan bien, no debo mentirte, Estrella. Escucha, pues tienes que saber: la enfermedad progresa más rápido de lo que en principio prometía.

XXI

Mamá. Eso fue lo único que pensó Manuela al escuchar aquellas palabras. Febril, con la espalda contra el muro y los ojos cerrados, supo que la doctora no mentía. Y esta vez sí que lo sintió con la cabeza del alma: fue al cerrar los ojos que lo supo. Mamá, pensó entonces. Se va.

La noche que le siguió a aquella gran tormenta fue para Manuela igualmente tormentosa: las horas tocaron entre toses rotas e hipidos de Dolores, entre los pasos de prima Estrella desde la cocina a la habitación cargada con medicinas, con las manos temblorosas y llenas de bebidas calientes, de paños templados para reposarle en la frente. Manuela de veras pensó que la perdía. Creyó que allí acababa aquello: justo así, con las palabras a medio decir, sin tiempo para reconciliaciones ni despedidas; como la guillotina, con ese dolor seco; con el pan de mañana a medio hacer, los periódicos a medio imprimir, las lágrimas a medio digerir.

Estrella pasó dos veces por su alcoba: «No vengas, que mamá dice que no quiere que la veas así, que te esperes a mañana y verás como todo esto ha pasado». Pero la realidad es que Manuela no tenía intención alguna de acudir a sujetarle la mano, a cambiarle los paños de la frente o de correr a darle un último abrazo. Manuela no sabía qué sentir ante la inminente muerte de una madre y la culpó entonces de aquello, Manuela la culpó como siempre por algo más de lo que siempre la había culpado: pensó que una madre al menos debía haberla preparado para eso.

La emoción de Manuela había quedado congelada en algún lugar entre la rabia y la anticipación de la angustia. Y la angustia aún no había hecho aparición, aún el dolor cortante no había sobrevenido, la guillotina seguía suspendida por una finísima cuerda aún tirante. Ella, que pensó que la muerte de una madre sería ese trámite natural de la vida para el que uno viene de alguna manera programado ya casi desde el vientre; que no sería más que ese puente que tendría que transitar llegado el momento, sintió que no iba a poder soportarlo. De repente se encontró con la emoción inesperada de que aquel dolor podría rajarla por dentro, y fue al pensar justo eso que, pese a todo lo que antes había sido Manuela, decidió volver a hacer lo que antes nunca se habría permitido el lujo de haber hecho.

«Abuela, tita, no habéis salvado la finca para dejarnos huérfanas en un momento. Concededme al menos eso. Dadme un poco más de tiempo —se decía para sí—, solo un poco, y si mamá vuelve a ver la luz del día, yo os juro por esta vida que me crece que encontraré en mí el amor de una hija, aunque sea de esa manera mía; que nadie fue madre sin ser hija primero, y aunque vine a esta finca con prisas, ahora os pido que alarguéis un poco esta agonía y me concedáis algo de tiempo. No me pidáis que perdone lo que no puedo, no me obliguéis a que crezca en mí lo que no creció en toda una vida. Pero os pido tiempo. A cambio os prometo ser la hija que no he sido, y serlo hasta que madre se reúna con vosotras allí arriba; asumir mis funciones: ni rechistar ni quejarme ni decir mentiras. Oídme, que os juro que si madre pasa esta noche y levanta el día aún estando viva, mañana yo misma sellaré este trato sobre las tumbas donde ahora descansáis dormidas. Un poco más es todo lo que os pido, que aún busco eso que no encuentro: saber quién soy, averiguar quién es quién en esta finca. Solo un poquito más os pido. Dejad que madre vuelva a levantarse con el sol del día».

En algún punto de la noche, vencida por las toses constantes y las altas fiebres, Dolores cayó dormida. Aquel silencio le dio alas a los peores terrores de Manuela, pero pronto pasó Estrella para decirle que se durmiera un rato como había hecho Dolores, que ella también aprovecharía. Manuela sintió vergüenza de no servir de nada en estos casos, de ser por siempre una niña bajo una mesa, pero la contentó la idea de saber que su madre solo dormía. De momento, se consoló Manuela, Dolores solo dormía.

Cuando al siguiente mediodía la recibieron desde sus lápidas la abuela Amparo y la tita Inma, casi no quedaban vestigios de la tormenta por las hijuelas de la finca. El aire había adelgazado y el más anciano de los olivos de la familia, un olivo centenario de tronco grueso y torcido, se levantaba alto sobre la gran piedra a la que daba sombra. «Aquí descansan las mujeres Medina: madres y hermanas y tías y primas y abuelas e hijas; sobre todo, hijas». Bajo aquella larga frase se encontraban grabados todos los nombres de las mujeres de dos generaciones enteras de mujeres Medina, en total, al menos ocho, sin contar las tres que aún se mantenían con vida.

Había caído la tarde entre los árboles y la gran tromba de agua del día anterior no había dejado espacio para escorrentías: las flores silvestres habían resistido a la violencia del tiempo y adornaban en colores vivos los alrededores de la piedra en la que se encontraban los restos de aquellas que siempre serían Medina.

Manuela conectó con la idea de dejar a Dolores ahí dentro. La tierra fría sobre sus piececitos; la humedad del otro mundo como una manta helada encima. La dibujó en su mente con tanta exactitud como pudo, y tras apoyar sobre su vientre una mano, flexionó las rodillas para acabar por tomar asiento. Con las piernas retorcidas en una trenza, le habló a su niña, porque se llamase como lo hiciera, tenía claro que mujer, mujer seguro, sería: «Mira, bebé sin nombre —dijo a viva voz—. Serás Concha, Teresa, quizá Luisa o Ana María. Porque serás hembra, mi niña, como así lo fueron todas las que en esta tumba habitan. Hoy vengo a que las conozcas, que ayer algo me recordó que esta sangre nuestra no es solo un líquido viscoso que en muchas ocasiones nos ha revuelto a las dos las tripas. Esta sangre nuestra es savia más que sangre, hija mía, es lo que nos mantendrá con fuerzas siempre que estemos las dos unidas. Pero hay algo que ya debes de saber a estas alturas: esta sangre es vida y muerte y salud y herida. Igual te destruye que te enaltece, así que hazme caso cuando te digo que habrás de aprender a lidiar con tu apellido Medina. Abuela, tita, os prometí que vendría si mamá vivía: acusadme de otras cosas, pero nunca de incumplir mi palabra, que a veces la palabra es lo único que sobrevive a tanta pérdida en la vida. Tras una noche muy larga, mamá ha venido esta mañana a mi cama para ver cómo yo seguía, y bien sé que esto no es más que obra vuestra: la noche pasada de veras creí que la perdía. Y habrá quien diga que es azar, cuestión de probabilidad o suerte, pero yo sé ya diferenciar, porque no es suerte justo lo que yo he tenido en mi vida. Aprovecharé esta prórroga como debo y trataré de comportarme como lo hace una hija. Callar, ayudar en las labores, organizar las comidas y ayudar en el campo a Estrellita. El trato con el que me comprometí, aquí lo sello: no confrontaré a madre ni a mi prima. Que me enseñen lo que han de enseñarme, todo sea por este bebé nuevo que viene a la familia: este bebé que aunque sin nombre ya dispone de apellido, que vendrá a poner luz a esta vida apagada y orden a lo que antes no tenía».

Dicho esto se santiguó tres veces, palmeó con cariño la madera del olivo, acarició sus grietas como peinando sus crines y no perdió la calma hasta que vio una figura: y así es que se dio cuenta de que no solo sus antepasadas habían oído todo aquello que Manuela había recitado a voz viva.

XXII

—¿Pero puede ser eso cierto, prima? ¿Me vas a hacer tita y antes de hablarme a mí te encuentro aquí contándoselo a las piedras y a las olivas?

Estrella: con sus manos sobre las caderas anchas, las piernas del campo, dos mechones claros sobre la frente encuadrando unos ojos como de almendra dulce; la sonrisa, desleída. Su boca, la de una niña que nunca ha dicho una mentira.

Colgando del brazo, una canasta de mimbre, y la expresión, de sorpresa, porque a Estrellita cualquier cosa la sorprendía. Cualquier cosa y más esto, que resultaba que iba a ser tía.

Manuela: congelada del susto a la vez que tranquila. El mentón rígido, pero alto; la barriga, ya nunca más escondida. Sus deditos sobre el vientre voluminoso y el ánimo de alguien que acaba de sacarse el cinturón tras un largo día. Ni vergüenza ni nervios ni impresión de haber tenido que contarle antes a la prima Estrellita aquello que de ningún modo Estrella sabía. Y es que por qué habría de confiar Manuela en su prima. Por qué, después de haberla traído a la finca conspirando con madre para quitarle todo aquello que era más de Manuela que de la prima.

No disimuló más. Lo admitió todo sin más remilgo. Que sí, que traigo un bebé, seguramente una niña. No tiene nombre, qué va a tener, no he tenido tiempo de pensarlo; para agosto, pienso yo, prima. Que claro, de ahí los desmayos, pero que estoy bien, estoy más en forma que nunca, de verdad que sí, Estrella, mírame, prima. Que el padre no quiere saber, pero que mejor para nosotras, ya puedes creerme, prima. Y en medio de las preguntas dobles y las medias respuestas, un abrazo, dos, ambos desencajados para lo que requería el momento, pero es que Manuela a esta edad ya sabía: a través de los años aprendió a protegerse de las caricias de su madre, y por ende, de las de su prima. Estrella dijo poco para lo que Estrella era, Manuela dijo mucho para lo que tenía pensado que en una situación así diría. Y así, cuando Macarena y otras jornaleras llamaron a la prima para enseñarle algo, Manuela aprovechó para tomar la vereda que llevaba de vuelta a la casa, de modo que pudiera dejar atrás a Estrella, a las flores silvestres y a la tumba de las antepasadas Medina.

A mitad del trayecto, Juana se quiso tropezar con su niña. Ay, que no te había visto, mira que es grande esto, pues ni aun así, debe ser ese imán que tú y yo tenemos, Manuelita. Mi niña, mi niña bonita. Luego de un momento y de una charla ligera y poco improvisada, Juana venció el protocolo y le vomitó lo que tenía encima.

—Tú no te fíes de tu prima, que es la única que puede quitártelo todo.

Manuela se removió inquieta, porque una puede pensar mal de la familia pero no escuchar a otros hacerlo con tanta soltura.

—Madre no venderá la finca si me quedo y aprendo mientras ella viva.

—Pero mi niña, ¿solo mientras viva? ¿Es que después te irás?

—Después ya veremos.

—Y yo te ayudaré con todo. Todo todo. Tú te quedarás y me dejarás que yo te ayude, Manuela, que si no espabilas Estrellita te lo puede quitar todo, y esa no es tan Medina como tú por más que ella así lo sienta, no hay más que verle las hechuras y ese andar y ese desparpajo. La finura de tu madre no la tiene Estrella, eso seguro, eso es tuyo, mi niña, solo tú lo heredaste de ella. Y el pelo tan corto como lo lleva a su edad, que parece un chicazo en lugar de una señorita, que por lo menos podría tratar de aparentarlo. Estrella se parece a su madre, pero solo en algunas cosas, no en todas. En algunas, sí; en otras, no. Tu tita Inma era tan buena. Tan tan buena. De nada se enteraba, como su hija Estrella. O al menos eso parecía. Y de ella sacó sin duda esos andares como a zancadas, con tan poca gracia, mi niña.

Juana guardaba para Manuela una ternura insospechada y solo para ella la guardaba, pues a Estrella la unían sentimientos más enmarañados. Nadie además que Juana encontraba razón a por qué ocurría esto, aunque en el fondo también Dolores sabía, por más que la conversación tras todos aquellos años nunca hubiera tenido lugar. Había cosas en ese pueblo, cosas en esa finca de las mujeres de la familia Medina que algunos sabían, pero que ocultaban con celo al resto. Los secretos se habían convertido en el pan de cada día; las mentiras, en el vino con el que acallar el remordimiento.

Manuela, acostumbrada a los extraños arranques de Juana, había aprendido a lidiar con ella sin escuchar demasiado, porque aquellos atrevimientos de Juana habían empezado siendo Manuela muy niña, al poco de morir tita Inma y tito Álvaro en aquel accidente macabro, que fue cuando Estrella se vino a vivir a la finca y madre cambió, porque la tía Inma era como Manuela en eso, a ella nunca le había gustado la vida del campo ni tampoco la finca. Y como madre perdió una hermana de un día al otro, Manuela tuvo a la fuerza que ganar una.

Por eso era que, después de tanto, cuando Manuela escuchaba a Juana hablar de Estrella, de Medinas, de herencias y de todo aquello de lo que le gustaba hablar tanto, ella miraba hacia cualquier lado menos a su cara, no fuera a enganchar y así darle pie para que siguiera más rato. Que no es que Manuela no quisiera a Juana, que la quería como se quiere a las vecinas, no a una vecina lejana, sino como a las vecinas de la calle de toda una vida: era un cariño sincero y simple, a veces lastimero; en ocasiones, cargante y cansado.

—Ya lo verás, Manuelita.

—Perdóname ahora, Juana, discúlpame estas prisas, pero de verdad que no quiero líos; me quedo, pues me quedo, pero no entremos en si esta o en si la otra, por la Virgen santísima, Juana, que bastante difícil me es esto que estoy haciendo. Si me quedan aquí unas semanas o unos meses, mi intención no es hacerlo a la batalla. Al revés, suficiente batalla hemos tenido, vamos a calmarnos todas, que no nos convienen a ninguna más angustias ni más peleas ni más riñas, ¿estamos?

—Sí, mi niña, sí; yo lo que tú me digas, claro, lo que tú convengas. Que ni Dolores ni tú estáis ahora para mucho trote, que lo que en ella va, en ti viene, y te tienes que cuidar y no darnos más sustos de desmayos, aunque ya te digo yo que tu madre se ponía del mismo mismo tonito de piel: la carita blanca como un fantasma y ¡pum! Al suelo. Qué sustos nos daba. Pero que es motivo de alegrías, es verdad, mi niña. —Juana acercó las dos palmas al bajo del vientre de Manuela—. Ya verás las meriendas que la tía Juana cada tarde te va a preparar, igualito que hacía con tu mamá, mi niña Manuela. Ya verás, mi niña.

XXIII

Marzo se presentaba como un mes de menos dureza: los días ya habían comenzado a alargarse, los pajarillos cantaban sobre las flores silvestres que repoblaban la cubierta vegetal entre un olivo y otro y el nuevo fruto que nacía en los árboles brillaba entre las ramas con un verde hipnotizante. Tras la tormenta, los desmayos y las discusiones con su madre, Manuela tardó unos días en aterrizar sus nuevos planes: le llevó encontrar la calma para darle forma a sus propósitos lo que al suelo le llevó secarse.

Fue una mañana de sol radiante y cielo vaporoso en la que pensó que el siguiente paso se le presentaba claro: una fiesta, pensó Manuela, una fiesta para limar asperezas y enguatar los ánimos podría calmarlo todo. Recordó las fiestas que Dolores celebraba en el comedor tirando de la memoria de su infancia, con los manteles de hilo blanco, la vajilla verde oliva de la Cartuja, la cubertería de plata y los vasos soplados a mano. Imaginó las bandejas hermosas y los zapatos abrillantados, las vecinas con sus abanicos y sus bolsos de domingo. Pensó en el taconeo, en la base de las palmas sobre la caja flamenca y los flecos del mantón de manila que su madre solo sacaba para las fiestas en casa. Ni a la feria de Dos Hermanas, ni al Santiago cuando eran pequeñitas; tampoco en la Romería de Valme ni a Santa Ana sacaba madre el mantón, que eso nada más que ocurría cuando era la anfitriona en las fiestas de la casa Medina, como hizo en su día la abuela Amparo y antes de ella las demás de las mujeres de la familia.

Pero resultó que había condenado Manuela su vida a tanta pobreza —mental, afectiva, sensorial y física— durante lo que fue su adultez, que la perspectiva de una fiesta de pronto le pareció de un lujo estridente, a todas luces un exceso recargado. Pensó que no sabría cómo andar por el salón diáfano, pasear sus pies con gracia sin arrastrar ni levantar las plantas demasiado; recibir a los invitados a la puerta y dirigir a los empleados sin presionar, desplegando una autoridad elegante e imperceptible; temió los entrantes en bandeja, la cena de postín y más aún el postre, cuando los invitados calentasen las gargantas para arrancarse por bulerías, y se volvió a pensar chiquitita y bajo una mesa, que ella no tenía el arte de madre ni de la prima, no podía siquiera seguir el ritmo con cierto garbo, así que sacudió el pensamiento de su cabeza como si se tratase de una mosca sobre la fruta y decidió que no, que no era eso: una fiesta así no era lo que necesitaba en ese momento la familia Medina y menos su madre.

Quizá no una fiesta como las que las Medina solían celebrar antes, quizá no, que no procedía estando Dolores en tal estado, pero si iba a quedarse unos meses hasta que todo acabase, necesitaba buscar la forma de que la vida recobrase la tranquilidad perdida: por su salud mental, por la calma de su futura hija y también por la de su madre.

Pensado esto, y aprovechando que el sol de marzo había calentado los corazones descontentos de estos últimos tiempos, cruzó el pasillo que separaba su alcoba de la de Dolores, y al encontrarla despierta y cambiando el agua de los nardos que Juana solía traerle cada día, se apresuró a decirle:

—Madre, tengo una idea.

—Tengo una idea dijiste un día y no volví a saber de ti hasta hace unos pocos.

—Eso no es verdad, madre, no inventes; escucha.

Dolores, como la hija, tenía el corazón contento por la llegada del sol de marzo. La ventana semiabierta dejaba entrar una corriente ligera que iba y venía, y los mechones grises, negros y blancos del moño plano que siempre llevaba sujeto con horquillas, se movían ligeramente al ritmo del bajo de las cortinas claras. Los rayos de sol recorrían la habitación como chispas transparentes de oro y el sonido de las mujeres del campo marcaba el inicio de una nueva temporada. El olor a nardos en cada esquina del cuarto levantaba el ambiente, aunque la sonrisa de Dolores nunca necesitó de perfumes ni de más adornos. Esa sonrisa, a pesar de los años y los rencores, seguía valiendo millones.

—Una fiesta, madre.

—La única fiesta que a mí me interesa es la romería de mi Virgen de Valme y para eso aún queda mucho. ¿Tú te acuerdas de cuando hacíamos las flores de papel juntas para las carrozas? Qué patosa eras, Manuelita, Estrella era más chica que tú y siempre te acababa adelantando.

—Sí, me acuerdo, sí, claro que me acuerdo, pero lo que yo digo…

—Este año iremos las tres juntas a la romería de Valme.

—Ay, madre, que de aquí a octubre aún queda un mundo.

—Pues eso digo, Manuela, que no enredemos.

—No, no me mires así, escúchame antes, mira. —Manuela tomó asiento en su cama, se alisó con las palmas la falda, entrelazó después los dedos sobre su regazo e hinchó el pecho para luego hablarle—. Que se me ha ocurrido, madre, que ahora que estoy de vuelta…

—Y que te vas a quedar…

—Sí, madre, y que me voy a quedar, que eso ya lo hablamos el otro día, que ya te dije que sí que me quedo y que aprendo de prima pero que no quiero hablar más de eso.

—Porque te vas a quedar también después que yo me muera…

—Que sí, madre, después que tú te… madre, tú escucha; que se me ha ocurrido…

—Una fiesta.

—Ya sé que parece que no es el momento, pero piénsalo un poquito solo; no tenemos que invitar a las gentes del pueblo, yo he pensado en hacer algo más modestito, solo con nosotras, el personal y Juana, que ya hacemos mucho bulto, y no hay necesidad de enseñar miserias ni de que nadie venga a ver y a decir y luego a contar nada.

—¿Y a santo de qué, una fiesta, hija? ¿Es que celebramos algo?

—No tiene que ser para celebrar, madre. —Dolores se agitó confusa. Abrió los grandes cajones de roble de su antigua cómoda, la de los macetones y las grecas, y atusó las sábanas dobladas. Colocó y recolocó las flores. Corrió y descorrió las cortinas sin decir una palabra, a lo que Manuela continuó—. Se me ocurre un día en el campo, imagínalo conmigo, a ver. Verás, sacaremos las mesas de tablas al patio, todo con servilletas de papel y platos de plástico.

—¿De plástico?

—No me pares, madre, por una vez, escucha. Nosotras con las demás mujeres, bebiendo manzanilla y vino, comiendo caldereta y a la noche, como antes, sardinas asadas.

—Imposible, que marzo es mes con erre y salen muy malas.

—Ay, madre. Pues sin sardinas.

—Una fiesta.

De modo que Manuela entendió que aquella puerta abierta no era solo un sí a un evento, era mucho más que incluso la fiesta entera: era un hacha enterrada en la tierra, una tregua, un pacto tácito de entrega de armas, una huida a tiempo del campo de guerra.

Y así, sin más palabras que estas, Dolores tomó asiento en su cama, se acercó un poquito, luego un poquito más que un poco, y sin añadir nada al asunto, acabó calladita al lado de su hija: con la suavidad de un milagro cotidiano Dolores y Manuela quedaron sentadas en la misma cama hombro a hombro. Como mujeres Medina y como algo más grande que eso: como madre e hija.

XXIV

La primavera traía consigo la vida; la vida, la alegría y el ruido en el campo, y justo ese ruido era lo que Manuela más agradecía, puesto que llenaba como la miel en un panal de abejas los huecos incómodos entre las mujeres de la familia Medina.

Las semanas que siguieron transcurrieron con más prisa que las de antes. Las noches dejaron de existir, de manera que Manuela pasaba de la cama al día en un solo golpe de reloj. El sol la despertaba cada mañana calentando su cuerpo desde la ventana del cuarto: un rayo entraba como una mariposa y se le posaba primero en los pies, al poco subía a las pantorrillas, le cosquilleaba luego las rodillas, de un salto volaba al tronco, y para cuando el calor le rozaba las mejillas, ya Manuela no dormía. Una vez fuera del cuarto, ya no le pesaba la angustia, y aunque sabía que aquella calma era más que calma un dolor sujeto y contenido, se bastaba con eso por el momento. Habría que bastarse con eso.

No pensaba Manuela en qué haría una vez Dolores acabase por marcharse, puesto que ya aceptaba que la enfermedad de madre estaba lejos de ser un cuento, pero aún quedaba para aquello, o eso al menos es lo que ella sentía. Ya habría tiempo de tomar decisiones incómodas, de rehacer planes y crear nuevas vías. Por el momento, Manuela había dicho a la madre que se quedaba, aunque Dolores no sabía las verdaderas intenciones de su hija, pero prevendría a la madre de vender nada antes de tiempo: todos ganaban, pensaba Manuela: Estrella tenía a su prima; la madre, a su hija; y ella misma, su legítima parte de la finca.

Todo el final de marzo mayeó y del desbarajuste nacieron en concierto miles de flores. Las veredas se colmaron de larvas, de orugas y de insectos. Saltamontes, arañitas, polillas, zapateros y caracoles reclamaron su casa en el campo con la misma fuerza que lo había hecho Manuela en su finca; y al llegar mayo, como no podía ser de otro modo, marceó, y de un golpe se coló un otoño en medio. Volvieron por unos días los grises y las estolas al hombro, la brisa traicionera al llegar la tarde y los relentes que acababan por enfriar las gargantas.

En una de estas, Manuela, que siempre fue de huesos enclenques y de salud poco agradecida, cayó en cama con un mal resfrío por más de siete días. Ella esperó a Juana las dos primeras tardes, pero fue Elvira la que le dijo que también Juana debía de haber cogido lo mismo, que se lo había contado la pasada mañana, que habían visto a Juana coger las botellas con la bufanda al cuello y la puerta medio trabada. Le dijo también Elvira que la lechera había dicho que Juana tenía muy mala cara. Manuela pensó entonces en perderla también, pero por más que buscó en sí misma, pronto notó que no sentía nada. Nada era igual decir mucho, pero desde luego nada que se pareciera a lo que la perspectiva de la muerte de madre le inspiraba.

Dolores, que tenía ya el cuerpecito débil y la firme alerta de la doctora Milagros de que no se debía acercar a ningún enfermo que estuviera a más de cien metros para que su salud no se resintiera aún más de lo que ya lo estaba, trató de saltarse las recomendaciones como había hecho siempre con todo, pero fue Estrella, como no podía haber sido otra, la que le dijo que no, que nada de exponerse a un virus para cuidar a Manuela, que ella estaba allí para algo, que ella podía estar con su prima y cuidarla a la vez que la cuidaba a ella.

Y de esta manera transcurrió todo. Estrella entraba tres veces en sendas alcobas cada día. Cargaba bandejas con sopas de pollo, huevos a la taza y mendrugos de pan para mojar para Dolores, para Manuela sin pan, que la pobre aún no podía tragar bien por las fiebres y la inflamación, pero comía lo que podía, porque el embarazo le había hecho recuperar un apetito que solo tuvo de niña. Abría las ventanas para que el aire fresco limpiara la enfermedad y les alisaba los almohadones recién cambiados tras la nuca.

Manuela siempre tardaba poco en caer ante sus encantos, pero esto les pasaba a todos, en eso nunca pudo ella culpar a Dolores Medina. Y aunque seguía recelosa de su trato, no podía evitar sonreír cuando la risa de Estrella llenaba cada rincón de su cuarto, cuando le contaba las historias de las amigas del pueblo, los amoríos, los secretos de unos y de otros, aunque en sus conversaciones con la prima siempre había cierto rencor del que Manuela no se deshacía. Cierta neurosis. No se despegaba del cuerpo la sensación de competir con la favorita.

De cualquier manera, la ausencia de la madre, de Juana y de las demás mujeres de la finca, obligó a las primas a aumentar el trato considerablemente durante aquellos días. Aún la garganta le picaba al tratar de responder a todas las preguntas que le hacía Estrella, que había aprovechado la enfermedad y el descanso para sonsacarle detalles sobre aquellos años: que si háblame de aquel ático, que si cuéntame de Remeditas, seguro que ella no te quiso tanto como yo lo habría hecho; que si qué bien que hayas vuelto y ya te vayas a quedar conmigo, que si cuánto te he echado de menos, que si mil cosas como esas y otras de la misma guisa.

El sexto día, tras irse la doctora Milagros y comprobar que todo estaba donde debía, Estrella entró en la habitación de su prima con una pila de libros que Manuela, que no era de leer, no leería. Entreabrió la puerta despacio, y tras comprobar que no dormía, se acercó con sigilo y dulzura a la cama, le masajeó las piernas, le recolocó las mantas y le contó cómo había ido su día. Estrella era de parlotear a más velocidad y volumen que su prima, y aquello siempre la mareó un poco, pero tras tanto reposo justo eso era lo que Manuela quería. Quería vida y salud, quería una señal que le indicase que aquel mal trago de los últimos días se acababa para dar paso a lo siguiente que vendría, y aquella señal apareció mágica e inesperada:

—Aún no lo creo, Manuela. Me vas a hacer tía. ¿Puedo?

Estrella se acercó despacio, dobló el tronco y acercó el oído a la barriguita de su prima.

—No vas a oír más que rugir de tripas, que si algo me trae este bebé es hambre, no pienso más que en pan y en tortilla, en filetes de ternera y en nectarinas; no podía yo imaginar que siendo la que soy y habiendo… —Y justo ahí se quedó muda.

Estrella se levantó de un salto, Manuela no supo cómo sentir lo que sentía. Y quizá, solo quizá, el bebé sin nombre decidió hacerse notar por primera vez al tener a la tía cerca para mandar un mensaje, un mensaje que ambas aún tardarían en aprender, pero quizá y solo quizá al final aprenderían.

XXV

La primavera entera aleteaba aquellos días en las entrañas de Manuela. La determinación de aquellas primeras patadas ya dejó bien claro lo que venía: el bebé sería, sin ninguna duda, Medina. Estrella solía bromear con aquello: «Mira que este bebé va a poder contigo. Con lo tranquila que tú eres, prima», le decía siempre entre risas.

Como una brisa fresca de verano, así se sucedieron en mayo los días. Los encuentros de las mujeres de la familia por los rincones y los pasillos de la finca pronto se convirtieron en parte del día a día, dejaron de resultar tirantes, hasta que una mañana cualquiera se cruzaron con los hombros relajados; Manuela paró de ser esa persona que antes no estaba y Dolores comenzó a disfrutar de sus paseos como lo había hecho el tiempo anterior a aquella enfermedad que le crecía en las tripas, y disfrutaba Dolores tanto, que en ocasiones le costaba creer que aquello fuera de verdad a acabar como al final acabaría. Estrella y Manuela comentaban entonces: que si madre no debería salir tanto, que si va a empeorar de tanto esfuerzo, es que no sabe estar quieta, es como tú —le decía Manuela—, prima. Y con estas pequeñas concesiones de espacio, de apellido, de cariños, se pasaba un día y luego el otro.

En algún momento del mes entró de golpe el calor propio de mayo. Manuela, a la que los bochornos la pillaron como un tren de mercancías cargado de líquidos calientes, pasaba las tardes peores en la cama con un abanico grande y las piernas en alto recordando a su amiga Remeditas. Se miraba entonces los tobillos hinchados, suspiraba, trataba de apartar el pensamiento, se abanicaba con más fuerza y pensaba en lo inevitable que ciertas cosas resultaban en la vida.

Una de esas tardes, Dolores entró en el cuarto y la encontró medio dormida.

—Hija, despierta —le dijo zamarreándola de una pierna—. Que ha llegado el día.

Manuela despertó sobresaltada, preguntándose a qué vendría aquel tono y aquellas prisas.

—¿Qué tienes, madre?

—La fiesta, Manuela, ¿te acuerdas? Que luego vinieron las fiebres y el frío y las aguas y ya no se volvió a hablar de aquello.

—La fiesta.

—Que sí.

—¿Que sí?

—Que sí, hija. Que eso es lo que quiero.

—Perfecto, madre. —Manuela se recostó con cuidado—. Si quieres fiesta, pues fiesta. Mañana mismo comienzo con…

—Nada, nada que organizar, Manuela. No te metas en camisas de once varas, tú escucha: si al final no seremos más de cien o ciento cincuenta, hija; eso lo monto yo en un periquete. La fiesta será mañana, ¿me oyes? Mañana es buen día.

—¡Mañana, dices! ¡Ciento cincuenta! Pero necesitaremos más tiempo, madre: habrá que decirle a las mujeres que den aviso en sus casas, ir a comprar la comida, prepararlo todo como Dios manda, no podemos hacer las cosas de esa manera.

—¿Preparar qué, hija? Cuatro platos, dos manteles, abrillantar vasos y cubiertos; ir a por las carnes de la caldereta y a por sardinas de la niña de Angustias que dicen que ya las tiene muy buenas. De bebidas ya andamos servidas. De aceitunas y quesos, los mejores del pueblo. Tú vete a la plaza con tu hermana. Allí habla con tu amiga Valme y con las demás: que están todas invitadas, que deshagan los planes que lo ha dicho Dolores, tú diles que lo ha dicho tu madre que con eso basta: que tenemos fiesta en la finca de las mujeres Medina.

—Pero mañana, madre.

—Hija mía, mañana ya es mucho al final de la vida.

—Pues como tú lo digas.

Dolores, ante tan poca resistencia, levantó una ceja antes de apostillar lo dicho:

—Que lo que traigan es bienvenido, pero que es fiesta de día: que no se arregle nadie mucho que nada especial se celebra.

Tras un segundo, Manuela aceptó. Se había propuesto no batallar a Dolores, si ella quería hacer las cosas de aquella manera anárquica, no sería ella quien se interpusiera. Al fin y al cabo, aunque nadie quisiera nombrarlo, Manuela lo sabía: a Dolores le quedaba poco, más temprano que tarde su madre se iría.

Las primas llegaron al pueblo en autobús a través de la carretera vieja. Manuela aguantó como pudo los baches, las curvas y los cambios de pendiente, aunque la verborrea de Estrella impidió que se concentrara en nada que no fuera ella, ni siquiera en las fatigas y el mareo. Se bajaron en la plaza del Arenal, justo en la puerta de la estación de trenes, y caminaron juntas cruzando la calle Real y la plaza de los Jardines hasta llegar al mercado de abastos, al que entraron ya de mangas arremangadas y con las mejillas coloradas.

Valme las avistó a lo lejos y Manuela, a la que nada le gustaba menos que ser el centro, huyó por el pasillo lateral hasta llegar a su puesto. Allí abrazos, besos, sorpresa al saber de su preñez, preguntas, respuestas, confusión en medio, y al final, al punto:

—Que sí, Manuelita, pues claro. Cómo me lo voy a perder.

De fondo, la voz de Estrella en la bifurcación de los cuatro pasillos, justo en el centro mismo de la plaza, hizo encogerse a Manuela:

«¡Señoras, un momento de silencio, un momento, escuchadme! Una cosa os voy a decir, ¡mañana aquí no abre nadie! ¡Nadie! Las puertas de la finca de la familia de las mujeres Medina estarán mañana de par en par abiertas, así que os quiero a todas, ¡me escucháis! ¡A todas!, mañana allí a partir del mediodía. Habrá manzanilla y vino, el Viriato que Clarita siempre le manda a mi madre. —Clarita, muy contenta—. Aceitunas Medina, que de esas no faltan, sardinitas de la de Angustias —Angustias, más contenta aún—; caldereta, migas y jamón del bueno y más y más, ya os vais haciendo el cuerpo. Y nada de aparecer ataviadas, ¡entendido! Que vais a acabar bien entrada la noche y oliendo a caldereta y a sardina asada y a tierra y a cante por bulerías».

XVI

El día de la fiesta en la finca de las mujeres de la familia Medina amaneció temprano. El gallo del corral de Juana rompió la noche y alertó a las mujeres de la llegada del alba. La finca entera despertó en segundos: el café silbó al cabo de un momento en la hornilla sobre el fuego; a su lado, el sonido de la sartén grande y pesada donde se tostaba el pan dio paso al desayuno, y un grupo de pájaros cantores arremolinados en la ventana de la habitación de Estrella la sacaron de la cama a ella antes que a ninguna. Al poco, la prima fue a despertar a Dolores a besos como antaño había hecho con su propia madre, la tía Inma, antes de haberla perdido. Una vez Manuela abrió los ojos, ya se oía el rumor de pasos ligeros de la prima descendiendo por el pasillo abajo en dirección a su cuarto, camino de repetir el mismo ritual con ella.

Había mucho que hacer y la división de tareas no se demoró un segundo. Tras calentarse los estómagos y llenarse bien los buches, Dolores llamó a todas las mujeres, ya listas para la faena, a presentarse en la cocina. Que si vosotras las flores de las mesas, que las quiero robustas y coloridas, no las iremos a presentar mustias, que no digan. Este grupo de este lado lo quiero encargado de los entrantes, pensad que no debe verse ni una pizquita del mantel de abajo; aquel limpiando el pescado, que hay mucho, y este otro sacando el brillo a la cubertería. No hace falta que os recuerde la importancia de un tenedor limpio en una situación como esta. No queremos a nadie diciendo que ahora que Dolorcitas está malita ya ni manda ni puede con la briega de la finca. Manuela, tú con la barriga puedes hacer poco, así que aquí te quiero todo el tiempo sentadita. Que sí, que ya sé que quieres ayudar a las demás, pero tú para estas cosas no vales; tú siéntate ahí recogidita. Y si quieres ayudar en algo, coge esa bolsa grande y a picar papas y cebollitas con Elvira. Estrella, tú que eres fuerte y sabes dónde está todo, a montar el patio con Estefanía. Coge los manteles de hilo blanco bordado, los del calado, también la vajilla verde de la Cartuja. Todas las piezas, no dejes en el mueble ni una. Saca las sillas de forja y los cojines gruesos, pon muchas, todas, todas fuera del cobertizo. Quiero color, mucho color, colores vibrantes por toda la finca. Elvira, habla con Macarena y sus primas para que decoren la alberca, que pongan los alrededores bonitos y que no piensen que las gentes del pueblo no llegarán hasta allí, porque lo harán, siempre lo hacen, comprobarán cada esquinita. Entre un vinito y otro encontrarán la forma de meter las naricillas por entre los árboles de allí al fondo solo para probar si es oro todo lo que aquí reluce. ¿Y qué les daremos, Elvira? Oro. Eso mismo, Elvira. Oro es lo que aquí reluce y lo que les daremos, nada menos que oro. Venga, sí, es verdad, lleváis razón, empezad ya, que nos dan las uvas, y en menos de seis horas esto tiene que brillar como una patena.

Las siguientes horas de aquella mañana festiva transcurrieron como en un sueño: el tiempo fue de adelante a atrás y otra vez al contrario al menos en tres ocasiones, en remolinos, y pasó como un viento suave a través de los bajos de los vestidos de las mujeres, levantando el albero por las prisas del paso; por medio del sonido de los platos hondos al chocar en la mesa con los planos, del olor dulce del sudor a través de las blusas sin mangas. Manuela hizo justo lo que había querido madre: sentarse en una esquinita y ayudar a Elvira sin dar la nota ni rechistar ni nada de nada. Estrella, lo propio: ordenar a unas y a otras como buena segunda de a bordo, bajo la mirada inquieta de Manuela en su esquinita, bajo el escrutinio exacto en cada uno de sus graciosos movimientos.

A diez minutos de que cayera el sol rojo del mediodía, Dolores mandó abrir las puertas de la finca para así dejar entrar a todos. Ya en la entrada dispuso bandejas de jamón del bueno y vasitos de fino a granel, que el camino desde el centro era largo y las gargantas venían secas de tanto hablar de lo que se debía y lo que no y de todo un poco.

Fue Estrella la que le dijo a su prima: Vente, Manuela, que tendrás que recibir a los que vengan, que tú tienes más garbo del que yo tengo, y a mamá le va a poner gorda verte a cargo del barco, a lo que Manuela contestó no creo, pero la prima insistió: Venga, le dijo Estrella, déjanos presumir de ti ante todas las gentes del pueblo, vamos a enseñarles lo guapa que luce con la barriga Manuela Medina. Que después de tanto estás aquí con ella y conmigo, y tú no sabes antes cuántas veces preguntaron. Anda, que mira con qué carita tan buena te has levantado. Que sí, prima, hazlo por mí y por tu madre, que ya verás qué alegría. Y así, Manuela, que no era orgullosa, pero como Dolores siempre sabía dónde pisar fuerte el suelo, aceptó honrosa la tarea de recibir en la entrada a todo el que venía a comer y a beber de lo que las mujeres de la familia Medina habían preparado con gusto y trabajo, pues era con trabajo y gusto que ellas siempre lo preparaban todo.

Para las doce, la finca y el caserío lucían festivos y contentos. Los primeros en entrar lo hicieron con un cesto de flores bajo el brazo y una caja de buñuelos de atún. Qué bonita que estás, Manuela, qué bien te han sentado los kilos que has ganado con… qué bien te han sentado. Las siguientes familias más de lo mismo. Que mira que te ha echado en falta tu madre, no imaginas la alegría que nos dio cuando nos dijeron que volvías, y ahora que te vemos aquí tan… tan repuesta, qué contentas nos pone veros juntas a todas de nuevo. Manuela se sujetaba el vientre y sonreía, pues de nada servía esconder lo que era obvio; de manera que levantaba la barbilla ante la mirada de madre a lo lejos, y después sonreía una y otra, y otra vez de nuevo. No había sonreído Manuela así desde hacía tanto que hasta las mejillas le tiraban cuando ya hubo entrado en la finca todo el pueblo, y de tanto sonreír por necesidad se encontró con que le había cogido costumbre a aquello, de modo que tras los entrantes y los saludos y los mil besos que repartió entre todo el que se puso en medio, se vio Manuela aún sonriendo incluso al cruzar los ojos con madre, dejó incluso de pensar qué ocurriría cuando ella no estuviera entre ellos. Quién sería entonces Manuela, en quién se convertiría una vez que, ya sin Dolores, el apellido Medina no le colgase del cuello más que como un letrero.

Agarraba Manuela de la cintura a su prima cuando Valme apareció a lo lejos. Cruzó los portones de reja camino de su amiga con los brazos abiertos y de cerca la seguían dos crías que tenían, una, sus ojos, la otra, sus andares resueltos.

—Qué de tiempo, amiga. ¡Qué de tiempo! —le dijo Valme—. Si yo te contara a ti la de veces que yo me he acordado de ti y de mí y de todo esto. Es mi amiga de cuando yo era pequeñita —se dirigió a sus niñas ahora—: Valme, Manuela, ¿verdad que os he hablado yo de ella y de su madre, de su finca, de su prima y de los olivos?

—¿Así se llaman? —dijo Manuela con sorpresa.

—Como nosotras, amiga. Venid, venid: dadle a mi amiga un beso. Ven aquí, Valme, te he dicho. Ven, que le des un beso. Ay, ya sabes qué edad tan mala tienen estas crías, es todo correr y no dormir y mami quiero esto. Pero ya lo vas a saber pronto, qué bien que vayamos a estar las dos juntas para poder verlo. Valme, cuidado al abrazarla, que mira la barriga, que hay un bebé ahí dentro. Sí, ese es el bebé de mi amiga, ya te lo dije, ahora tienes que ser paciente y en no mucho podréis estar juntas las tres correteando por el pueblo; ¿te acuerdas, amiga? Qué bien, qué bien que vayamos a poder vivir juntas todo el proceso.

El resto de lo que aquel día ocurrió lo podemos relatar en un momento: abrazos, risas, algunas Medinas derretidas, algunas aún en proceso. Muchas miradas cómplices y más amor que cariño. Manuela, con los ojos tras las niñas de su amiga del alma; Estrella, sin perder de vista a su prima; Dolores henchida por todo lo que su mirada abarcaba.

Al llegar la noche se espetaron sardinas mientras se tocaban palmas y se cantaba, ya con las gargantas roncas del día, al compás del fuego. Manuela volvió a notar el tirón en las mejillas, la resaca calma que deja la risa, el calor de las llamas y uno aún mayor, el de las amigas, el de la familia. Y fue así que Manuela, frente al crepitar de la lumbre, pensó en su niña que venía, en qué vida querría darle, en todo aquello que siempre rechazó pensar, como en todo aquello que la finca de las mujeres de la familia Medina le ofrecía.

XXVII

Los días posteriores a la fiesta se sucedieron tranquilos, sin dolor ni prisa. Los recuerdos del día unieron los lazos de las Medina hasta convertirlos en nudos prietos: Dolores sonreía al recordar cómo acabaron aquella noche todas de unidas, las primas pavoneaban solo al pensar en las caras de todos, la satisfacción de los invitados, los abrazos, los besos, el calor del día.

Una semilla inesperada en la mente de Manuela agarró sin tensión ni esfuerzo y pronto una felicidad elástica comenzó a germinar y dar frutos, y fue así, de pronto, que Manuela no tuvo que afanarse en apartar la angustia y las preguntas, se dejó fluir despacio, como un río, y lo que antes había resultado extraño, al poco resultó sencillo. Y no es que Manuelita hubiera olvidado todo lo que se le venía encima, de ninguna manera pudo olvidar que ella estaba allí solo por un tiempo, que antes o después cogería los bártulos y se iría, se llevaría su parte del trato y después correría, que era lo que Manuelita desde luego mejor hacía, pero quiso concederse una tregua, jugar a que nada pasaría: rechazar la lógica por decreto, demorar lo que no tenía aún por qué decidirse y relamerse los labios con las mieles de ese poquito más de tiempo.

Y así un día y otro y otro día.

Las primas cogieron por costumbre pasear cuando el sol de mayo bajaba en intensidad al llegar la tarde, agarrar sus zapatos cómodos y caminar por los alrededores hasta la altura de la alberca, allí descalzarse, meter los pies y charlar por horas moviendo las piernas en el agua fría— Manuela con la excusa de los tobillos, Estrella, con la de no dejarla sola por si le viniera un desmayo, cosa que no había vuelto a pasarle a Manuela desde aquel día, pero de una forma u otra nunca le faltaba a Estrellita una excusa para acompañar a donde fuera a su prima.

Pasaban así las tardes como lo habían hecho cuando eran crías. Manuela se contagiaba pronto con la risa de su prima, que era de sonrisa dulce y blandita, y aunque en el fondo muy fondo aún Manuela la culpaba por haberla llevado a la finca con intención de hacerla firmar lo que era suyo y no de la prima, no quería pensar aquello que la ponía tan tensa, ahora que el bebé sin nombre daba pataditas a Estrella cada vez que colocaba la palma sobre el vientre terso de su prima, y es que a nadie más le daba patadas su niña, así que quiso confiar en que por algo sería. Ninguna hablaba de futuros, de herencias, menos aún de pasados y secretos, ninguna de las dos hablaba de lo que bien sabían que en algún momento hablarían. Pero era tan dulce mayo y tan dulce la espera de Manuela: con los pajarillos picoteando el agua en la alberca, los espejos del sol sobre las hojas verdes, el calor seco sobre los hombros y las ramas de los olivos. Todo mayo era tan dulce en la finca de las mujeres de la familia Medina.

Hablaban de qué tipo de mamá sería, de si reñiría bien o si la llamaría con un nombre u otro, y a veces Estrella hubiera querido hablar de su madre, de la tía Inma, pero la muerte entonces apretaba los pechos de las primas y tardaban poco en cubrir el silencio tosco que el rumor a muerte siempre traía. Saltaban entonces a cualquier tema, cualquier otro: que si saca tu nariz sería un problema, Manuela, sacará las manos de mamá, Dolores tiene las manos más bonitas de toda la familia. Y así, con cualquier cosa, hacían lo que hacemos todos: tapar la muerte con un manto de mentiras.

En ocasiones también las visitaba Valme y sus pequeñas, quienes acababan siempre perdidas en la cocina con las manos y las bocas llenas de pan y harina. Después les reñía su madre, pero Manuela las mimaba y consentía, tanto que en no mucho habían dejado de llamarla por su nombre para llamarla tita.

—Tita Manuela, mira cómo hago el pino.

A lo que Manuela contestaba:

—Ay, ten cuidado, niña.

Valme encontraba sus miedos divertidos, sabía que no tendría otra que enfrentarlos, no solo esos sino otros muchos, pues de otro modo no podría afrontar lo que venía. Pero la enternecía tanto ver cuánto cariño le habían cogido a Manuela sus hijas, que hasta empezaba a olvidar que en el pasado la dejó tirada como un trapo, y que no miró hacia atrás ni para decir adiós muy buenas, y aunque nunca la perdonaría del todo, no podía dejar de mirarla y pensar lo mismo: Mi amiga. Mi amiga Manuela Medina. Decía esto y luego miraba a su hija. La niña de Valme con la que su amiga compartía el nombre resultó compartir mucho más que solo eso: su madre decía que fue verle los ojos y saber cómo tenía que llamarse. Juana entraba en la conversación entonces: «Pues cómo ibas a llamarla si no Manuela. También esta mira como una vieja, es verdad que se parece a ti, mi niña».

Bajo el cobijo fresco que ofrecía el caserío, unos ojos siempre seguían muy de cerca sus pasos: Dolores, desde su habitación y con la cortina echada, sentada tras la ventana abierta y con el sosiego de la que ya ha visto mucho, nunca perdía una. Las contemplaba con la misma aprobación que sospecha, pero sobre todo las contemplaba con una ilusión nueva, y esa ilusión nueva debía ser la última que le habría de quedar a Dolores Medina. Pensaba entonces en que igual ella iba a poder irse tranquila, que quizá la vida le iba a dar finalmente una tregua, que quizá su madre no había llevado razón al decir aquello de que al final todo lo paga una, e igual el último período de una vida espinosa podía acabar por ser dulce y apaciguado. Y sí, puede que Dolores supiese que no fue la que debía haber sido por mucho, que hubo un tiempo en el que en su mente lo blanco fue negro y lo negro, blanco; que lo bueno y malo no se distinguían tanto, pero tenía claro que había expiado sus culpas en la tierra y poco le temía al infierno. Por eso creía que por qué no, que igual ya había pasado lo malo. Que pese a todo, las primas se quedarían juntas y sin saber más de lo que debían, con el solo vínculo del amor que desde chica las unía, Estrellita con ese amor templado y simple por Manuela; Manuela con la paciencia de una hermana mayor hacia su hermana chica. Que por qué no. Que Manuela ocultaba quién fue el padre y eso ella bien lo entendía: al final ella tendría que sacarlo adelante, qué más daría quién fuera, ella no iba a preguntarlo. Así que por qué no podría salirse también Dolores con la suya. Manuela no tenía por qué saber de quién era hija. Estrellita tampoco. Le quedaba poco para irse. Se moría. Y esperaba al irse llevarse su secreto muy lejos de la finca, de sus niñas y de las sospechas que Dolores había levantado durante toda su vida.

XXVIII

—La jefa te llama, mi niña —le dijo Juana un sábado en la mañana.

—¿Qué dice?

—Que vayas.

—¿Para?

—Para que vayas, qué sé yo. Y tira esto en tu camino al cuarto. —Juana sujetaba en la mano un ramillete de nardos agrisados y descoloridos; había sido ella quien, desde el principio de los tiempos, se había hecho cargo de cambiar las flores de los jarrones en cada habitación del caserío—. Agarra, cógelo. Que mira cómo están chorreando.

Se dejó guiar por el olor contundente de las flores de la Virgen y al llegar a su alcoba llamó con dos toques indecisos. Manuela estaba confusa porque su madre nunca la hacía llamar, así que al no recibir respuesta, volvió a acercar los nudillos a la puerta, y al punto estaba de volver a hacerlo cuando oyó la voz de madre levantarse en el patio.

La hija, que acumulaba ya años de hábito en esto, no pudo sino esperar lo peor. Retuvo el aire en el pecho y acudió en silencio, con tanto miedo, tanto tanto miedo por la negra expectativa de lo que podría suceder al acudir a su encuentro, que le temblaron las rodillas a pesar de sus tobillos recios. Pero al llegar al patio y encontrar a madre en el centro, sentada sobre su mecedora de siempre, salió de golpe de su desconcierto.

—Creí que algo te pasaba, madre. No nos des estos sustos.

—¿No puede una madre llamar a su hija?

Manuela aceptó el gesto de su madre y tomó asiento a su lado. No habían vuelto a sentarse juntas en el patio columnado desde que Manuela solía huir de las sesiones de costura y bordado que tanto le gustaban a Estrella. Ella, sin embargo, aguantaba lo justo y pronto corría, mientras Dolores apremiaba la paciencia y buen hacer de su prima: «siempre de atrás para adelante, así, así, bonita —solía repetir Dolores—. Manuela, mira cómo lo hace Estrellita, de verdad que no es para tanto; mira qué fullera eres, hija». A Dolores le disgustaba ver el reverso de lo que Manuela había bordado, se le superponían los puntos, le decía que ponía poco cuidado. Aquel recuerdo la atropelló de un golpe al sentarse en la misma silla verde de enea con flores pintadas en la que antaño se había sentado. Miró a su lado derecho y notó un cordón del asiento fuera: el mismo, el mismísimo cordón del que de niña Manuela, cuando iba a perder la calma, había tirado.

—Todo sigue igual, madre, esta silla…

—Te mandé llamar porque pensé que podríamos pasar una mañana juntitas.

El sonido del agua gorgoriteando en la fuente hacía eco entre las columnas del patio. El sol les daba de pleno en las frentes, pero los tiestos que ocupaban más de la mitad del suelo con sus grandes hojas verdes mantenían el frescor del aire y la humedad en el espacio.

—Claro. —Solo eso contestó Manuela. Solo claro.

Dolores le sirvió una copa de vermut, y aunque luchó y trató de negarlo, que ella no podía, que cómo iba a beber con su embarazo, la madre insistió con que aquello no le haría ningún daño, con que la niña que venía era Medina, con que si no soportaba el vermut más le valía escoger otra familia, con que aún estaba a tiempo para que se decidiese por otro hogar y dejarle espacio a otra que sí entendiera lo que iba a significar ser Medina de cabo a rabo. Manuela aceptó el vermut y cogió una aceituna gordal con la otra mano. «Al fin y al cabo —le dijo al bebé sin nombre—, una copita así de chica tampoco te hará ningún daño».

—Te he visto en tus paseos con tu hermana Estrella, cuando camináis hasta la alberca juntas del brazo. Y solo quería decirte.

—Sí, madre.

—Que me pone muy feliz veros de nuevo congeniando. Que hija, a veces no he sabido ser quien tú querías que fuera, pero tu hermana no merece pagar por mis pecados.

—No sé qué decirte, madre. Qué te digo, no sé de qué me estás hablando.

—Sí que sabes, hija. Me duele pensar que dejarás solita a Estrella cuando yo me vaya. Que sé que nos dices que seguirás aquí luego, pero yo te veo cada tarde cuando salís la una y la otra cada una a un sitio, y sé quién es quién todas las veces, no te creas que estoy tan vieja que no me entero de qué música es un tambor, que yo os conozco bien como hijas mías que sois.

Manuela reconsideró punto por punto lo que estaba escuchando.

—Tú nunca quisiste que me quedara, madre, tú querías que firmara para librarte de mí.

—Qué disparate, hija, espérate a ser madre. Espérate a ver la envergadura de eso que me escupes a mí. Nada, nada. Tú sabes que no. Pero escucha, que lo último que yo quisiera es que las dos acabáramos como el rosario de la aurora, que no te llamé para enzarzarnos en otra de...

—¿Cuándo supiste que no me quedaría?

—Antes de que me engañaras ya lo sabía yo. Que no hay nadie más viejo que aquel al que le acecha la muerte. Verás. Que si tú quieres irte, tú te vas. No te retengo más, lo he pensado mejor. Yo te quiero aquí solo si tú quieres, la finca es tuya, no tocaré un acre de lo que por apellido te ha concedido Dios. Y ahí Dolores Medina tiene que decir poco. —Dolores se santiguó con tono burlesco, pero Manuela no sonrió—. Aún con esas, te lo pido: os he visto, sois felices. Tu niña podría crecer con Valme y sus niñas, al cuidado de su tía Estrella. —La madre se acercó y le tocó una mano, con el índice de la otra presionó la mejilla de Manuela girándole la cara en su dirección, y a pesar de que Manuela trataba de no mirarla, se salió con la suya, como cada vez, porque Dolores Medina eso es lo que conseguía siempre—. Mírame, hija. ¿No ha llegado ya la hora?

—Bueno, madre.

—Escúchame, hija. Escucha lo que te digo, que ha llegado la hora de que las mujeres de la familia Medina entiendan que lo que fuese, fue, pero que de poco nos han servido los rencores y las antipatías de las unas con otras. Vamos, Manuela. Mírame. Dime que ya dejamos atrás todo lo feo. Que vas a ser madre y lo vas a tener que entender todo. Anda, mírame —dijo con la sonrisa traviesa—. Quiéreme un poquito al menos.

XXIX

Manuela, que ya no era una niña para según qué, cayó en la trampa dulce en la que caemos todos cuando olvido y tregua es aquello que se nos ofrece. Las flores de mayo jugaron su parte en la treta nublándole vista y olfato, encandilándole los sentidos con cantos de sirena, y pronto el final de la primavera creó una neblina de luz desvaída con la que difuminarlo todo: sus recuerdos, su infancia, su capacidad de razonamiento lógico. Y de esa forma, antes de que Dolores pidiera más, Manuelita, que a sus cuarenta a veces no era más que una niña chiquitita, pensó que sí. Que sí, que te voy a querer, mamá, pero cómo no voy a hacerlo: que sí que te quiero un poquito y no un poquito solo. Y aunque no lo dijo en alto, como si lo hubiera hecho. Dolores la entendió en sus ojos y Manuela calló, pero solo porque quería hacerlo, porque a veces las palabras más bonitas no hacen sino estropear los momentos que en silencio son perfectos.

Con ese ánimo paseó el vientre alrededor del pueblo. Y, claro, vio las miradas e intuyó los comentarios, pero es que el orgullo le inflaba las alas y ya nadie le hacía falta a Manuela para recordarle que no estaba sola. El bebé sin nombre saltaba de alegría al encuentro con la prima Estrella y volvía a hacerlo en las visitas al mercado de abastos. Valme se apresuraba a acercarle por la barriga tomillo, pimentón e hinojo, y entonces reían cuando la niña daba otro salto dentro, y siempre alguien comentaba que esa niña no podía ser otra cosa que nazarena, a lo que Manuela asentía, otra vez crecida y orgullosa: de su amiga, de su nuevo estado, de su pueblo.

Y aquella felicidad ajena se le antojaba sencilla: solo necesitaba cerrar los ojos para olvidar lo que fuera que amenazara con romper el hilo sobre el que había cimentado todo aquel mundo nuevo. Cerrar los ojos y olvidar. Nada más que eso. No pensar en el lapso de veinte años y en el muro de hielo que siempre había separado su presente y su pasado, su pasado y su futuro. Y así, de ojos cerrados, con la voz queda, labios juntos, le decía a su niña en el vientre que todo encontraría su sitio en su mente cuando el momento fuera el adecuado, pero que siendo el caso que ambas compartían recipiente, le prometía no pensar mucho y así mantener sus adentros calmados, pasear de un lado al otro no siendo la que fue un día, sino otra diferente: alguien más ligera y templada, alguien a quien por fin la angustia, de una vez por todas, había dado una tregua, no sabía por cuánto tiempo, pero con suerte el suficiente.

Ella quería contarle a su niña lo que nunca le contó a su madre, crear una intimidad como una cuerda tirante desde el primer día, asegurar del todo que nada la rompiese llegado el caso, que nada en el mundo afectase eso por lo que Manuela lucharía con uñas y dientes, por lo que, por cierto, Dolores no supo luchar, pero bueno, eso Manuela ya no quería pensarlo. Que sus razones tendría su madre para ser como fue y no sería porque quiso, pensaba a veces la hija; que ser madre, ahora veía ella, no iba a ser tan sencillo, una mujer sola frente a lo que dice todo el mundo, que quisiera o no, cometería fallos, y no quería a su hija por siempre recordándoselo, y de aquel modo le hablaba a su niña de todo un poco, que si allí, donde los bancos de azulejos y bajo las palmeras como gigantes, yo me di un primer beso con un chico muy despeinado del que eso es lo mejor que tengo para contarte. Que si mira, bebé sin nombre, ¿ves aquel balcón, el segundo que se ve desde el final de la calle de Nuestra Señora de Valme? Pues ahí vivían parientes nuestros, dicen que gente importante. Hablaba y se tocaba la barriga, sonreía, dejaba caer la nuca ligeramente atrás, arrastraba algo más los talones, otra vez sonreía. Aquel mes de mayo había resultado ser un regalo: un remanso de paz en el camino y un pacto con madre, con su pasado y futuro, con ella misma.

Solo un pico de tragedia, casi sordo, pero pegado al fondo y bien claro, reclamaba su atención en esta escena. Un brillo opaco, como la esquina de un diamante lustroso que ha chocado contra el suelo y por eso volteamos para esconder el fallo. Y cuando notaba la punzada Manuela, miraba hacia otro sitio, que era lo que mejor hacía ella, canturreaba de cualquier manera, salía a la alberca con su prima y reían de lo que fuese por un buen un rato. Estrella también sospechaba que algo chirriaba en aquella paz sostenida, pero era tan dulce tenerlas a las dos al lado, tan dulce jugar a ser de una vez perfectas, cogerse de las manos y dejar pasar todo por una vez después de tanto, que cuando presentía que algo rompería la paz un día salía con cualquier asunto: que si ya viene la feria, que si tendremos que preparar algo.

Luego estaba Dolores, que de todas era la que más sabía que aquello no era más que un teatro. Así que cuando le entraba el arrechucho, Dolores sabía lo que debía hacer para acallar su conciencia intranquila, al fin y al cabo de algo le habían servido los años: reorganizaba entonces los muebles en el espacio, le sacaba con esmero el polvo a las figuritas de cristal de lo alto de la estantería, ponía orden en el personal y, tras ponerlos a todos en fila india, los mandaba a todos a hacer algo. «Cualquier cosa —gritaba entonces con aquella voz desesperada, pero fría—; si os pago lo que os pago es para veros siempre haciendo algo. Al que se quede quieto le descuento el día». Después se ponía una copita de un buen aguardiente, se recogía el pelo y metía la nariz en las cuentas hasta bien entrada la noche.

Llegaban entonces sus niñas, que habían estado mano a mano trabajando, y aunque ya en mayo casi junio, Elvira les tenía preparada la candela, porque en estas fechas y con la humedad del campo aún no se debía quitar una el sayo, y se sentaban las tres como nunca, a veces tan cerca que se tocaban los codos al apoyarse cada una en sus respaldos, y hablaban poco, solo miraban la lumbre, notaban las llamas iluminarles las caras oscuras y secarle el relente a los muros de cal, a sus corazones pesados, y antes de dormir volvían a creerse una vez más sus propias mentiras, para decirse las tres a sí mismas que sí, que cómo no iba a funcionar aquello, que las hijas no necesitaban saber mucho ni las madres contar tanto.

Y no era hasta que el péndulo del reloj del salón de la chimenea marcaba en mitad de la madrugada las cuatro que las tres despertaban solas en medio de sus habitaciones frías: ahí volvía la certeza. Nada lo evitaría y lo sabían. Nada cambiaría el destino de las mujeres de la familia Medina por más que estas quisieran esquivarlo.

Cuarto acto

DOLOR

XXX

Fue el último día de mayo el que trajo consigo un murmullo amargo. El firmamento amaneció limpio aquel domingo, el campo cubierto de una brisa suave, los olivos de brazos abiertos. Los pájaros, que se arremolinaban cada mañana tras la ventana de Manuela, la despertaron con los mismos cantos con los que cada domingo lo habían hecho, por lo que cualquiera hubiera dicho que todo seguiría sin más su curso: que las primas Medina seguirían con sus inocentes paseos a cada tarde, parando aquí y allí para rememorar anécdotas de cuando niñas, mirando bien lejos cuando la tensión las visitaba en el precipicio del final de cada frase; y por encima de lo demás, todo parecía indicar que Dolores viviría por siempre pausada en esa enfermedad terminal que no tendría por qué terminarse, que el tiempo se dilataría sin más esfuerzo, que mayo sería por siempre florido y hermoso.

Estrella le dijo a Manuela durante el desayuno que la verían después, que si se quedaba allí en el caserío la encontrarían otra vez cuando llegase el almuerzo, justo a la vuelta de escuchar misa. Dolores aprovechó el momento para quejarse a Elvira de que con aquellas calores no se podía comer puchero, que en qué cabeza entraba, que ya gazpachos y lechugas y nada de comidas pesadas que la pegaban toda la tarde a la siesta. Estrella aprovechó un renuncio para pedirle a Estefanía en confidencias que a ella sí, que le guardara esa hogaza de pan calentita y del puchero uno o dos cazos. Dolores y Estrella saldrían así de la finca esa mañana en coche, con sus taconcitos bajos, sus rodillas bien tapadas y agarradas las dos del brazo; dispuestas como lo estaban siempre para el sermón que don Lorenzo les tenía preparado.

Manuela las despidió en la puerta, dos besos en las cuatro mejillas, y para Estrellita también abrazos, porque había que calmarle unas ansias nuevas: que sí, prima, que es solo un ratito, hazme caso, que no seas tonta que nos vemos solo en un rato. Que si que tonterías me dices, claro que todo va a seguir igual cuando vuelvas de misa, qué iba a pasar, no digas chaladuras, qué presentimiento ni tres en cuarto. Anda, tira, Estrellita, que ya sabes lo mal que lleva la impuntualidad en la misa don Lorenzo. Idos ya que volvéis solo en un rato.

Se negó dos veces a ir con ellas como hacía cada mañana de domingo y siempre con una excusa nueva: que es que tengo que ayudar a Elvira, que es que me dan sofocos en la iglesia, que es que con la barriga temo dar un espectáculo y tener que acabar durante toda una hora esperándoos fuera. Estrella y Dolores se miraron creyendo que Manuela no entendía lo que con sus ojos se decían, aunque Manuela siempre entendía bien el lenguaje de los ojos, porque su madre desde bien pequeña la había instruido en el delicado arte de decir sin decir, de reprimir con la mirada lo que se quedaba en los labios. Y entre adioses y hasta luegos, Manuela se quedó en la puerta con la mano levantada, y Estrella y Dolores se fueron.

Quedó Manuela en la reja viéndolas partir a lo lejos con el corazón intranquilo, observó las ruedas del coche encajarse y saltar en cada pequeño socavón de la tierra, al conductor enderezar el volante sin hacer mucho aspaviento, y poco a poco a la imagen del coche desaparecer en el horizonte del camino de albero. Y aunque trató de apartarlo de un manotazo, las palabras de su prima habían hecho eco. Un presentimiento, había dicho, un mal presentimiento.

Contempló distraer su mente en la cocina, como siempre que la visitaban pensamientos siniestros, y justo en esa dirección iba, pensando en que también ella diría a Estefanía que le guardara un buen cacito del puchero, que a la noche tomaría lechugas, pero que no escuchara en eso a madre, que si por ella fuera se alimentarían a base de aguardiente y poco más o menos, en eso justo pensaba justo cuando Juana apareció en la puerta tras muchos días sin haberle visto un pelo.

—Yo tampoco voy a misa —dijo Juana desde afuera antes de que Manuela tuviera siquiera tiempo de abrir de nuevo la gran reja—. Don Lorenzo siempre viene a contar lo mismo. Que si las almas impuras, que si la mentira y los celos. A otro con ese cuento. No te culpo por no querer ir, mi niña.

—Oh, no, no. Lejos de eso. Es el cansancio que me da la barriga, no estoy para nada estos días, Juana, no llego a la esquina sin parar a cada dos pasitos; estoy muerta, de verdad que sí, que no es más que eso.

—Claro, claro, y además, que si don Lorenzo no puso problemas a tu madre con la barriga, no te iba a tener a ti en distinto trato. Que para eso sí, ¿eh, mi niña? Que para eso él es cura moderno.

Manuela se revolvió incómoda.

—Pues tampoco es mi caso el mismo que el suyo, Juana. Que no todas las barrigas son iguales como iguales no son todas las mujeres de la familia Medina.

—Y Dios me libre de decir lo contrario. Que bien sé yo que lo tuyo fue un descuido, a mí que me vas a contar, mi niña, si tú ya sabes que yo te he criado. Con lo inocentita que fue siempre mi Manuelita. Qué poquito te has parecido a tu madre hasta en eso.

—¿Y qué sabrás tú de mi madre?

—Nada, mi niña, no me pongas esa carita, si tú siempre has estado conmigo en esto. La de berrinches que te cogías porque Dolores no te entendía y aparecías buscándome siempre entre llantos, ¿es que ya no te acuerdas?

—Pues claro que me acuerdo. Pero, escúchame, por favor te pido, que las cosas han cambiado, ¿a qué tanta intriga? Dejemos pasar lo pasado.

—Intrigas ningunas, Manuelita, que nadie me podrá culpar de no haber guardado el secreto durante todos estos años.

—Pero qué estás diciendo, Juana; qué me quieres decir con tanto misterio.

—Yo solo digo que sí, que es verdad, que sois las dos bien distintas Dolores y tú, nada más que eso.

—Pues resulta que igual no lo somos tanto. Es mi madre te guste o no y al menos un respeto se ha ganado. Si sabes algo, lo dices, o si, como sospecho, no sabes nada, pues deja de tirar la piedra y esconder la mano.

—Ay, mi niña, pues ahora a quien te pareces es a don Lorenzo.

—Escúchame bien, Juana. Tú sabes que yo a ti te aprecio. Pero mi madre es mi madre y eso no lo cambias tú ni el Papa de Roma. Mi madre y yo tendremos nuestras inconveniencias, no diré yo lo contrario, pero las estamos tratando de dejar en el pasado por un tiempo. Ella quiere que me quede con mi prima y que aprenda lo que no he aprendido en estos años. Nada más que nos quiere ver felices y juntas antes de irse. A mi prima y a mí. Nada más que eso. Tampoco pide tanto.

—Claro, claro, tu prima, claro.

Manuela planteó darse la vuelta y dejar allí a Juana con los pies parados. En lugar de eso, acabó diciendo:

—¿Qué sabes, Juana? Son ya años de insinuaciones, pero ya de verdad que no las aguanto. O lo dices ya o mejor te lo guardas. Habla ahora o calla para…

Juana se tapó bien el cuello cerrando con cuidado su rebeca de punto, primero una mano, luego la otra, para cruzar después sobre ella sus brazos.

—Yo solo digo que mírate bien, ¿por qué Dolores siempre trató a tu prima Estrella como a una hija? Tú míratelo. Que la culpa es enemigo poderoso, mi niña. Que tita Inma y el tito Álvaro querían mucho a su niña Estrellita, y no pudo ser casualidad que fuera tu madre la que se la quedase cuando ellos murieron en aquel accidente tan trágico. Y yo solo digo eso. Y no digo más, que luego me acusarás de tirar la piedra y esconder la mano.

—Pamplinas —contestó Manuela, y antes de darle a Juana oportunidad para réplica, echó el gran candado al portón de hierro sin añadir nada porque nada podía ser añadido tras lo que Juana había soltado, pero aún Manuela no sabía algo que acabaría por descubrir muy pronto, y es que los verdaderos demonios no se habían quedado al otro lado por mucho portón de hierro y mucho candado grande que hubiera echado.

XXXI

Aunque Manuela quiso olvidarse de lo que Juana había dicho, la sombra de la duda planeó sobre su ánimo desde aquella última mañana de mayo. Por más que trató de echar a un lado los malos pensamientos, siempre la acababan por encontrar en cada pequeño gesto, mirada, en cada casualidad del día, hasta llenar de cinismo las alegrías, los besos, los abrazos. Una vez dicho algo, una vez descubierta la cortinita de lo que podría ser y una vez una echado un vistazo, ya no había vuelta atrás. El rumor es un camino sin regreso, eso le había quedado claro. Justo eso de lo que siempre Manuelita huyó, la ponzoña del chisme, la habladuría, se coló en su vida tiñéndolo de negro todo a su paso.

Su espaldarazo dejó claro a Juana que no era bienvenida en la finca tras lo que había dicho, o medio dicho, o peor, medio callado, y aunque no osó a aparecer por allí, nadie la echó en falta. La realidad es que nadie preguntó por ella porque a nadie le importaba Juana; y es que aquella mujer a quien Dolores había acogido más por pena y conveniencia que por simpatía, fue siempre motivo de discordia. Manuela la defendió con uñas muy de chiquitita ante los avisos de su madre, que siempre le recordaba que no debía llamar tita a Juana, que Juana ser sería muchas cosas, pero ninguna de ellas era Medina. Que la dejaba venir porque estaba muy solita, pero que a la vecina había que quererla lo justo, nada de encariñarse en exceso ni de creer que había lo que no podría haber de ninguna de las maneras no siendo ella Medina. Estrella, sin embargo, no necesitó del lazo que Manuela formó con ella porque la prima siempre fue la favorita, y quizá por eso o a saber por qué, solía decir a Manuela que no se le acercara tanto, que no se fiara, que si tanto rondaba la finca sería porque algo querría. Pero Manuela nunca hizo caso, no hizo ni un poquito de caso a todo aquel sinsentido hasta aquel último domingo de mayo, hasta aquel día en que Juana le había lanzado con fuerza un dardo envenenado. Que por qué madre quería tanto a Estrellita, que si algo había pasado.

Manuela quiso decidir que lo que había oído no eran más que tonterías, tomar la decisión con ahínco, con la determinación más absoluta, como el que decide creer en eso que no ven sus ojos, pero siente, o quiere pensar que siente, aunque no tardó en descubrir que las cosas no iban a funcionar así como nunca lo hacían.

Esquivó a Estrellita en los siguientes paseos y se escondió en sus sofocos, en los mareos del embarazo, aunque la prima era de todo menos tonta, pero cuando iba a correr tras ella, madre, que era más vieja y ya de todo sabía, la agarraba de un brazo. Le explicaba que Manuela tendría sus motivos para necesitar más tiempo aquellos días, y que si tiempo necesitaba, tiempo es lo que iban a darle, que ella ya había aprendido a no apretar con fuerza porque al hacerlo bien sabía lo que podría pasar. Y Estrella, que jamás le llevaba la contraria a madre por más desacuerdo que entre ellas hubiera, pues obedecía. Los siguientes días los pasaba entonces generando excusas para encontrarse con ella por los pasillos, le llevaba agua, algo de comer: pan, picos; labores para mantenerla entretenida. Manuela iba y volvía y pasaba más tiempo en el pueblo con su amiga, a quien no le contaba nada porque a una edad ya no se cuentan ciertas cosas por mucho que tu amiga sea tu amiga; que no que Valme no se oliera algo, porque por más tiempo que hubiera pasado, ciertas cosas no cambiaban en la vida; y de esa manera extraña, estando sin estar Manuela, y no queriendo presionar ni su madre ni su prima, así se estiraban las horas hasta que se hacía tarde y entonces, a hurtadillas como antaño siempre había hecho, se metía rápido en su cama. Cerraba fuerte los ojos con sus manos en el vientre y rezaba porque acabara ya el día.

El doce de junio de aquel año, a solo tres meses de la llegada del día que habría de cambiarlo todo, las primas tropezaron en el desayuno a una hora en la que ninguna de las dos lo había planeado. Manuela, que durmió una hora más de lo previsto; Estrella, que tras mucho remolonear, acabó por salirse del cuarto molesta por el ruido de unos pájaros que no parecían compartir con ella la hora a la que el día debía de dar comienzo. Pensó Manuela que no había excusa para no sentarse a tomar el café con leche de la mañana con su prima, al fin y al cabo es que nada había pasado, así que por más tenso que era el cordón que las unía, ambas tomaron asiento en la gran mesa del comedor mientras los rayos de sol entraban por el gran ventanal a su lado.

Comieron las dos en silencio, un trocito de pan con aceite, un sorbito del café templado. Estrella tardó muy poco en perder los nervios —nada, menos de dos bocados—. La conversación que le siguió a esto pudo no ser exactamente así, pero desde luego tuvo el mismo significado:

—Qué callada estás.

— Mientras se come no se habla —eso dijo Manuela.

—Siempre estás callada. Te pasa algo.

—Ay, Estrella, no me seas pesadita, no empecemos con tus neuras.

—Es mamá, te ha hecho algo. Es muy difícil, ya lo sé, si lo sabré yo, prima. —Masticaba con la boca medio abierta y se atropellaba al hablar—. Cuando se pone así no hay quien la aguante, está de un difícil, que no es que no haya sido siempre así, ojo; por eso hice lo que hice después de que marchases aquel día. Fue sin pensar y sin saber ni qué hacía, no creas. Pero que mamá no sabe nada de aquello, no le digas, prima, que ella piensa que yo jamás de los jamases la abandonaría. Oye, nada, ¿eh? Escucha. Ni mú de eso.

—Estrella, que no, que no es eso. Es... —Manuela rompió un pedacito más, barrió con las manos las migas sobre la mesa y decidió compartir con su prima lo que cargaba dentro—. Juana me dijo algo que me ha tenido pensando estos días. Algo de ti y de mí, de la tita Inma y mi madre, algo que no sé si es verdad o es mentira.

—Pues qué va a ser, que parece que naciste ayer, prima. Que Juana es una liante que siempre ha querido meter sus garras en esto, siempre con sus historias raras, siempre viniendo aquí a cuidarte, y a mí me trataba muy mal, ¿eh? Me decía que iría al infierno por cualquier tontería. Todos los días, que si cuando repetía merienda, iría al infierno, que si se me caía la leche al suelo de la alcoba, al infierno. Hasta miedo me daba a veces. Pero qué te dijo, a ver. A ver cuál fue la tontería.

—Qué sé yo, dijo sin decir.

—Claro, eso es lo que ella hace. Que fuera tan valiente de hacerlo en frente de Dolores Medina.

—Algo podría tener de cierto, Estrella. Solo digo que por qué se iba a inventar que algo pasó en nuestra familia. Ella debió ver más de lo que vimos nosotras, que éramos muy chicas cuando todo aquello, y tú ya sabes que siempre ha habido rumores en torno a nuestro apellido, a la finca; que madre siempre ha tratado que no sepamos de las habladurías. Pero a estas alturas yo ya ni sé qué es cierto y qué es mentira.

—Pues te lo digo yo: verdad es que hoy tú y yo resolvemos esto, y mentira es todo lo que diga esa loca de la vecina.

XXXII

Lo único que Manuela recordaba de la tita Inma era que le gustaba contar mentiras. Ni siquiera lo sabía porque Manuela tuviera el recuerdo fresco, más bien lo sabía porque era eso lo que todo el mundo había dicho siempre de su tía. Decían que mentía hasta en lo que no tenía forma de hacer creer a nadie, incluso en boberías, como el día aquel que acusó a su hermana Dolores frente a la abuela Amparo de que no había sido ella la que garabateó su propio nombre en el escritorio en el que estudiaba cálculo de pequeñita. Dolores, cuando contaba aquella historia siempre ponía el mismo nervio. De todos los muchos defectos que Dolores odiaba de su hermana chica, aquel era el que detestaba con más furia. Una Medina callaba cuando hacía falta, pero se cuidaba y mucho de decir mentiras.

Doña Amparo, que se fue del mundo el mismo día en que entró Manuela y en la habitación contigua, supo pronto de la dolencia en el carácter de su niña Inma, pero confiaba en que no fuese más que una fase por la que pasan algunos niños, que su niña fuera más imaginativa de la cuenta, en que algo así se le debía de acabar pasando con los años o si no algo muy malo le pasaría.

La abuela trataba de veras de ser recta, pero a ella la rectitud nunca le duraba. La determinación a doña Amparo le duraba entre un credo rápido y un avemaría algo más lento, y no por falta de peso moral en sus juicios —la tía Inma acabaría condenada por aquello y la abuela bien lo sabía—, sino porque a ella nada le duraba en demasía. Las penas, poco; los enfados, menos. Las alegrías, eso sí, las alegrías no le duraban nada, ni un poquito. Cuando algo bueno pasaba, se guardaba de celebrar, no fuese que el diablo la castigase por aquello. Y el diablo andaba mirando casi siempre. Trataba entonces de ser más estoica y recia, imponer un castigo a su niña, mostrarle su desaprobación frente a su otra hija cuando sabía de las suyas, al final para nada, porque tampoco a eso le ponía empeño.

Dolores estaba hecha de una pasta diferente al resto. Dolores no mentía porque a nadie le tenía miedo —y no es que la tita Inma solo mintiera por eso; a veces lo hacía por hábito, más por la inercia del que ha cogido el gusto a ponerle el color a todo y ya no quiere volver al blanco y negro—, y reñía a su hermana pequeña una y otra vez sin ningún éxito. Trataba de imponerle el carácter que le faltaba a su madre y que siempre le sobró a ella, a base de repetirle los muchos problemas que una conducta así acabaría por acarrearle. «Al final nadie te creerá llegado el momento, Inmita». Pero Inmita seguía mintiendo en lo necesario y lo innecesario, en lo grande y en lo pequeño.

Dolores se ceñía a lo práctico porque lo que es malo o bueno nunca le interesó en lo más mínimo: dejaba los sermones y las moralejas a su madre, medía bien lo que decía y aún mejor lo que callaba. Dolores jamás se permitía perder el tiempo con discursos que ella sabía que no acabarían por llegar lejos.

Al llegar la adolescencia, ambas niñas se convirtieron en las mujercitas mejor vistas del pueblo. Llegaron las salidas, las escapadas, las tardes de cine y el Santiago, las ferias, los veranos de tardes largas y paseos por el centro agarradas del brazo. Las hermanas Medina todo lo disfrutaron, nada de lo que se suponía que debían de disfrutar se perdieron. Inma era como después lo fue Estrellita, viva y joven siempre, mansa como un perrito adiestrado. Dolores, así como Manuela: todo la separaba de su hermana pequeña, todo. Lo que en una era blanco, en la otra, negro. Y aunque los años cambiaron algunas cosas sin importancia, en lo fundamental todo siguió el camino lógico: Inma no dejó de mentir nunca, Dolores vivió su vida sin importarle mucho el resto.

Y de esto poco sabía Manuela. Estrella, aún menos. Todo lo que a ellas les había llegado no había sido por Dolores, que hubiera sido lo esperado, sino gracias a lo que se decía en Dos Hermanas, su querido pueblo. Que pronto se quedaron sin madre y solo ellas estaban en el mundo para cuidarse la una a la otra. Que Inma vivía con tío Álvaro y su bebé Estrellita en la antigua casita de invitados, y las niñas se criaron siempre juntas correteando entre olivos sin separarse ni al día ni a la noche, siempre peleando entre ellas como buenas primas, y la mayor cuidaba de la pequeña de la manera que mandaba la tradición Medina. Que Dolores e Inma se querían mucho, pero mal, hasta el día en que se pelearon, y ya después Dolores se quedó al mando, aunque al mando siempre estuvo, pero ya entonces sola, sin las manos de Inma que siempre fueron delicadas y precisas para el campo, sin su sonrisa, que tenía más luz y picardía que la suya propia. Que Dolores nunca se preocupaba en exceso por nadie. Que Inma era tan de mentir, que decían que hasta al morir tenía una mentira en los labios.

Y ahí la historia declinaba, llegaba sin remedio al día del accidente en coche del que se salvó y por poco la prima Estrellita, y entonces las gentes bajaban las voces, se miraban sin mirarse demasiado al llegar a esta parte; hay quien se santiguaba, se murmuraba un ruego, se dejaban a mitad las frases y aquí todo paraba. De lo de antes y lo de después poco más se sabía, Manuela no recordaba ni el momento exacto en el que la habitación de al lado pasó a ser la habitación de Estrella, ni de cuando su madre dejó de decir que era su prima para imponerle una fraternidad para la que nadie la había preparado. Pero ocurrió pronto, eso seguro: Dolores Medina asumió, como siempre había hecho, todas y cada una de las obligaciones de su apellido. Al irse la tía Inma en aquel accidente maldito, cogió a la niña y la educó tan bien o mejor que a la suya propia, sin hacer distinciones ni miramientos. Desde aquel día hablaría a Manuela de su hermanita, pero Manuela no la aceptó más que como prima y a veces casi ni eso. Y así habían comenzado los conflictos hacía ya mucho, mucho tiempo.

Eso y nada más es lo que las niñas sabían. Porque recordar, recordaban poco: que Estrellita se mudó al otro lado del pasillo de un día para otro; que a la tita Inma le gustaba contar mentiras. Que a Dolores ni siquiera su hermana debía importarle demasiado. Eso decían, eso les había dejado en herencia la memoria porosa de las mujeres de la familia Medina.

Aunque como en un nubarrón espeso y poco claro, algo más recordaba Manuela Medina. Recordaba también un llanto amargo que salía de la cocina durante aquellos días. Un llanto de voz aguardientosa, un quejido que Dolores trataba de apagar cuando en mitad de la noche Manuela llegaba en busca de un vasito de leche, de una magdalena para mojar la miga. La veía entonces limpiarse con las dos manos las mejillas, sorber la nariz y soltar el vaso, sin tratar de fingir siquiera una sonrisa. Y Manuelita la miraba con los ojos como platos, dudaba de si darle un abrazo, y aún desde la oscuridad del pasillo le preguntaba:

—¿Qué te pasa, madre? Algo te pasa, ¿verdad? Otra vez estás llorando.

A lo que la madre nunca respondía. Por más que preguntase Manuela, ella no respondía; juntaba los labios y no se inmutaba. Y es que Dolores Medina medía lo que callaba aún mejor que lo que decía.

XXXIII

Junio trajo con él el último trimestre de la madre y de la hija, las primeras olas de un calor asfixiante, la llegada de las mañanas tempranas y las tardes eternas. A su salida no se dejó nada, todo se lo llevó consigo: julio entró sin que se hiciese notar más que en el número escrito en aquel almanaque de la cocina con la Virgen de Valme mal dibujada en la parte de arriba, acercándole así el final a todo, estrechando sin remedio las opciones, cerrando puertas al final de la partida.

Juana no volvió más por la finca, pero Manuela la veía pasear a lo lejos, con la frente baja y las manos agarradas tras la espalda, echando un ojo de cuando en cuando, buscando un encuentro fácil de miradas que nunca ocurría, y su sombra era tan alargada como la de las muchas vergüenzas de la familia Medina.

Estrella sabía que la conversación de aquel día no daba el tema por zanjado, que habría que volver a echar sal en las heridas antes de dar aquellas heridas por cicatrizadas, pero esperaba que el calor de julio, el azul cada vez más claro del cielo y los días tachados en el calendario trajesen esa calma que solo puede traer el transcurso de los días.

Y entre tanto, Manuela sentía que la ocupación misma era la única forma eficaz de sacarse la angustia de encima, y de ahí sus paseos sin descansos, sus visitas al centro, sus largas conversaciones con su amiga Valme, todo, todo lo que la mantuviese permanentemente alejada de ciertos pensamientos le servía. Hasta a leer y a bordar había comenzado Manuela aquellos días. Cualquier cosa que no la enfrentase con el nido de cuervos en el que se había convertido su cabeza le resultaba un remedio eficaz contra la paranoia y el miedo, pero en lo más profundo de aquella maraña de ideas confusas, entre tanta evitación de lo que se comenzaba a plantear como cierto se erigía una posibilidad nueva y peligrosa, una posibilidad que aún solo constituía una idea loca, pero cada vez que Manuela cazaba en su mente cogía más y más fuerza, como un vendaval que se engorda a cada segundo con la inercia.

Por aquello de que el paso del tiempo no es lineal sino todo lo contrario, algunos días pesan más que otros sin que nadie entienda muy bien el cómo y el porqué de este suceso, ese es el modo en el que también en la finca de las mujeres de la familia Medina ocurrió todo: el doce de julio de aquel año, a solo dos meses del día en que habría de cambiar para siempre todo, la última de las grandes piezas del puzzle cedió lo suficiente como para que ocurriera algo que ninguna de las tres Medina podía haber anticipado.

Dolores se había levantado aquella mañana con la certeza absoluta de que algo había cambiado. Así se lo contó a Estrellita, que sin pensarlo dos veces montó a la madre en un coche y la llevó al ambulatorio más cercano. Aprovechó todo el camino, como venía siendo costumbre, para quejarse y bien alto de su suerte. Que si hoy tenía tales cosas importantes programadas, que si no es buen momento, como nunca lo es, para perder en pruebas que al final nunca acaban por concluir nada. Pero Estrella insistió tanto que la madre entendió que no había lucha con su sobrina que ella pudiese ganar, así que dejó una lista de labores que Elvira y Estefanía llevarían a cabo a las órdenes de su hija Manuela Medina. Manuela, que había ido ganando en responsabilidad y en confianza de su madre, no insistió en montarse en el coche, que ya le dijeron que con la barriga a dónde iba ella a ir para estar en una sala de espera tanto rato, y no peleó por hacer las cosas que ella antes nunca había sabido hacer, como responder bien ante el miedo a los cambios.

Dedicó la mañana Manuela a trabajar con las demás en el campo. No se manchó las manos y no solo por su embarazo, pero instruyó con una soltura nueva lo que se había de hacer aquí y allí, con dulzura y rectitud, como su prima y su madre durante aquellos meses la habían enseñado. Y hasta habría disfrutado de aquel mando Manuela de no haber sido por el miedo a lo que mientras, en la otra punta del pueblo, en una pequeña salita del ambulatorio de Santa Ana, con Estrella y Dolores de la mano agarradas, estaba ocurriendo.

Reconoció el coche al entrar por el sendero de tierra y no había llegado a su altura el morro cuando supo que algo muy malo había pasado. Lo notó en el aire pesado, en la lentitud de la escena sobre sus ojos, en la falta de vigor de las plantas, en una punzada en la parte baja del útero, ese útero que conectaba como nada más en el mundo con su madre, con su hija, con la maternidad y con el suelo bajo sus zapatos.

Fue en un instante que toda la escena se hizo añicos: se le cayeron a Manuela los objetos de la mano, algo se movió por dentro y corrió tras el coche con la mano bajo el vientre, con la certeza de la que sabe que el momento que había de llegar había llegado.

Dolores y Estrella bajaron del coche al llegar Manuela con el corazón encogido, y antes de que nadie explicara, la hija exigió:

—No me mintáis. No me dulcifiquéis nada. —Nadie contestaba, no había nada que ya pudiera contestarse—. Que me habléis, os digo.

—Cuéntale. —Estrella tenía los ojos del color de los labios, rabia en la expresión, preocupación, enfado—. Cuéntale a tu hija, no esperes que yo lo haga. Ah, no, no. Vas a tener que mirarla a la cara y contárselo todo tú solita.

—Madre, mírame. Dime, de qué habla, mamá, dímelo; no me mintáis, por Dios. Que sé que algo pasa.

—Estáis montando un espectáculo aquí afuera y eso no os lo consiento, entrad que hablamos en la cocina, que mirad qué escándalo tenéis montado, como dos cualquieras, vergüenza me está dando…

Estrella apretaba los puños sin poder sujetar su propio llanto. No había lucha sino derrota en su tono.

—Dile, mamá, dile. Dile qué te ha dicho la doctora milagros. Cuéntale...

—Dejaos de tonterías que soy muy vieja para que me andéis aquí mandando. Manuela, tranquilízate por lo que más quieras, la niña... que yo te cuento, pero vamos para dentro, vamos...

Manuela, al mirar a su madre, supo de una vez qué le contaría, y pronto Dolores supo que no tendría que explicar lo que ya estaba claro. Y así las tres, una tras otra y en fila, caminando en procesión fúnebre, habiendo despertado aquel doce de junio sin saber que el doce de junio se convertiría en uno de esos días con peso en el calendario, entraron en el caserío para tener una conversación de las que ninguna familia de bien se merecería tener sobre algo tan horrible como lo que aquel doce de junio les tenía preparado.

XXXIV

Dentro, las tres en la mesa de la cocina. Dolores sentada sobre una silla de enea verde, el brazo estirado con la mano sobre un platillo vacío. Estrella y Manuela de pie, la prima junto a ella con los nervios rotos, la hija frente a frente con la madre, buscándole los ojos.

—Se rinde —dijo Estrella.

—Ay, Estrellita, qué os gusta un drama, hija. Que no es tan sencillo esto y tú bien lo sabes, que la doctora ha explicado muy claro que…

—Así que te rindes. —Aunque Manuela siempre supo que esta era la forma en la que el final llegaría.

Dolores las miró a las dos, negó casi sin mover la cabeza y elevó unos hombros que parecían pesarle más que nunca.

—Estrella, hija, siéntate. Manuela, ponte con tu hermana, mirad qué imagen las dos ahí con esas caras. Sentaos, de verdad, sentaos. Que quiero hablar con vosotras. Que voy a explicároslo.

Manuela no lloró, aunque sintió que las lágrimas le presionaban la base del cuello. Dejó que Estrella lo llorase todo por ella, que montase ella el jaleo, que levantase la voz por las dos como había siempre ocurrido, para qué cambiar ahora nada.

—No es justo —repetía—, ¡no es justo! ¿Me escuchas, mamá?

—Estrella, no te lo digo más. Sentaos. —Dolores acercó con la mano dos sillas bajas en las que ambas tomaron asiento; Estrella, mientras rechistaba, Manuela, en silencio. Las miró bien a las dos de frente—. Vamos a ver, dejadme a mí que me explique que no soy una niña.

—Explícale, mamá —decía la prima—, explícale a tu hija.

Manuela no necesitaba explicación porque ya sabía lo que venía. Sabía que aquel revuelo de su prima solo respondía a una cosa y lo sabía desde que el coche había asomado su morro aquella mañana por la finca. Y así y con todo, no sabía qué sentir. Estrella parecía tener claro que llorar y exigir era la actitud adecuada en tal caso, maldecir al destino y a su madre por la falta de coraje, por dejarla dos veces huérfana, por no ser capaz de vencer a lo que debe vencer toda madre y ninguna de las suyas había sido capaz de hacerlo; Dolores asumía que aceptar era lo único que podía hacer en un momento así, que ella siempre había sido de elegir bien sus batallas, solo de esa forma había salido siempre victoriosa. Pero a Manuela todo le llevaba un poquito más de rato, incluso sentir. Al fin y al cabo, quién dicta lo que debe sentir una hija ante el final de una madre, cuál debe ser la cantidad de llanto exacta, la mezcla de sorpresa y desilusión en la dosis adecuada.

Dolores, en un gesto de cariño que nunca le había sido más propio, agarró una mano de cada una de sus hijas y las sujetó sobre la mesa.

—Una Medina no se rinde nunca —dijo mirando a la prima—, pero una Medina sabe bien cuándo pelear y cuándo dejar de hacerlo. —Estrellita trató de interrumpirla, pero Dolores le apretó la mano con más fuerza—. Las Medinas, además, no se van nunca, las Medinas...

—Cuánto, madre.

Dolores aflojó las manos y Estrella guardó por primera vez silencio entre sollozo y sollozo, dejando espacio a su prima Manuela por primera vez, por primera vez en tanto.

—La doctora Milagros no sabe decir, solo sabe que bueno, hija, que es una cosa muy mala esta, que ya sabíamos que bueno, que...

—Pero cuánto.

—¡Semanas! —interrumpió Estrella levantándose de la mesa. Se sonó la nariz, puso un vaso de agua, ofreció agua a la prima y a la madre y volvió a la misma mesa con las manos llenas, y agua y consuelo para las tres.

Semanas, pensó entonces Manuela, que ya nunca más sería Manuelita, porque no se es Manuelita sin madre, una sin madre solo puede ser ya Manuela, igual que solo puede estar triste y solita, y sin embargo no es eso lo que sentía, no sentía tristeza ni una pizca de desconsuelo, y a ratos aguantaba la respiración mientras prima Estrella y madre hablaban solo para ver entre latido y latido qué había, pero por más que miraba no encontraba nada, o al menos nada de lo que ella suponía que debía de estar sintiendo.

Semanas. Las miraba y solo sentía lejanía, como si nada de lo que allí se estaba hablando fuera importante o cierto, como si nada en el fondo afectase mucho. Total, pensaba Manuelita, que pronto sería Manuela, que todos los días mueren madres, que todos los días nacen hijas, que la cotidianeidad le restaba tragedia a aquel asunto, nada de especial estaba allí ocurriendo, nada para estar como estaba la prima Estrellita.

Dolores hacía rato que había dejado de mirar a Estrella, ahora toda su atención estaba con su otra hija. Ella sabía que Manuela era más de sentir lento, pero esta reacción tampoco estaba dentro de las reacciones normales que una madre esperaría. No es que hubiera querido que sufriera mucho, pero mira Estrella cómo estaba, con toda la carita deshecha del llanto, toda cuajada de cardenales rojos, y pensaba así Dolores que no podían parecerse menos sus niñas, que sin duda Dios le había dado el blanco y el negro en su vida para que nunca echase nada en falta.

Estrella habló y escucharon ambas:

—La doctora Milagros le ha ofrecido varias alternativas, pero mamá dice que no, que ya está, que para ella todo esto se ha acabado.

—Una mujer tiene derecho a un final digno —repuso Dolores—; y eso, hija, ya lo hemos hablado.

—Dice que podrían alargarlo todo unos meses, que mamá podría aguantar un poquito más, ver a tu niña nacer, Manuela, dile algo, dile que eso es lo que tú querrías, dile que la necesitas aquí, que se deje de tonterías, por el amor hermoso, que Dios la va a castigar por no querer estar viva y por...

Manuela soltó la mano a su madre y miró a su prima, y dijo solamente esto:

—Si se quiere morir, que se muera. No hay nada que tú puedas hacer para detenerla y ya deberías saberlo. Nada en el mundo puede parar a Dolores Medina. Ni siquiera su niña Estrellita.

XXXV

Al salir Estrella de la habitación, ni su madre ni su prima corrieron tras ella. El consuelo que necesitaba Estrellita no era de este mundo, ya que ninguna palabra sería suficientemente redonda, ningún abrazo suficientemente colmado como para calmarle la sed. La miraron irse, levantarse de un salto de la silla y llevarse con ella el llanto y la emoción y los reproches. Quedaron, ahora sí, madre e hija sentadas en la cocina, las dos frente a frente, ambas de cara lavada y ojos limpios, tirando cada una de un extremo de aquel hilo tenso que siempre las unía.

—Dime algo, Manuela. —Unos segundos largos, eternos—. No me mires así. Di algo.

—Qué te digo.

—Lo que sea, hija; lo que sea va a ser mejor que el silencio.

Totalmente despegada del dolor, del miedo, de la muerte de una madre, Manuela continuó con su silencio. Respiró con parsimonia, sintió el aire entrarle en los pulmones sin pesadumbre, como si fuera agua; se acarició la barriga y casi sonriendo, sacó la mirada por la ventana de la cocina hasta topar con un mantel ondeante colgado de un cordel. Era rojo, verde, azul y amarillo, ningún color destacaba sobre el resto. Vio pasar a un pájaro despistado por encima de los embates de la tela, que ondeaba como una vela suave al viento, lo vio surcar el aire sin prisa, con las alas como un folio, paradas desde donde miraba Manuela a lo lejos, sin buscar más destino que lo que por delante le ponía la vida: «Aquí vuelo con alas abiertas, aquí paro ahora porque parar es lo que toca en este momento». Lo vio posarse sobre una pinza de madera roída y picotear sus astillas, todo sereno, picoteo a picoteo, sin miedo a la sangre ni a la herida.

—Recuerdo el día que me fui. ¿Lo recuerdas?

—Lo recuerdo, Manuela, pero qué situación es esta para hablar de eso. Hablemos de lo que hay que hablar, que quiero explicarte, hija.

La hija bebió agua, vio al pajarillo en el cordel alzar el vuelo, levantar las alas con gracia, y lo siguió con los ojos hasta que desapareció de los confines de lo que mostraba la ventana. Luego de un momento, siguió:

—La noche anterior habíamos peleado por algo—dijo devolviendo el vaso a la mesa—. ¿Lo recuerdas, madre? Seguro que lo recuerdas.

—A dónde vas con esto, Manuela, que ya te he dicho que sí, hija, pero que ya habrá momento. Que no nos queda tanto, mírame, hija, que me miras y no me ves. Estamos aquí las dos; por una vez, hablemos.

—Había salido con Estrella aquella tarde, habíamos ido juntas de paseo por la calle Real y después habíamos parado a por castañas asadas al final del trayecto, que comimos luego entre risas durante el camino de regreso en el amarillo. Estaba aquel chico que le gustaba a Estrellita… —Manuela paró y miró hacia arriba—. ¡Gonzalo! Madre del amor de hermoso, cuánto hacía que no pensaba en ti, Gonzalo. Al volver aquella noche tú estabas justo donde estás ahora mismo sentada, con los ojos rojos como los llevabas siempre, la voz rota, mojada. ¿Te acuerdas, madre? —La madre ya no respondió, aunque sí, sí que se acordaba, pero ya no quería responder—. Estrella corrió a su cuarto, porque eso es lo que Estrellita hacía cuando te veía así, que a ella le daban miedo tus arranques, pero yo vine a enfrentarte pensando que quizá podría hacer algo. Te pregunté que por qué bebías, que por qué llorabas, que de dónde tanto dolor. Yo ya no era una niña entonces.

—Ay, Manuela, no remuevas, hija, que me voy en poco, y han pasado tantos años…

—Nos enzarzamos en una de las nuestras. —Manuela sonrió de nuevo y ahora su sonrisa ya no estaba lejos, su sonrisa estaba esta vez muy cerca: sonreía muy triste y honesta, conectada otra vez al mundo y a la finca, con la mano sobre el vientre y los ojos suyos clavados en los de su madre—. ¿Te acuerdas, madre? Vamos, dime que te acuerdas. Me dijiste que hay errores por los que paga una siempre y yo pensé que hablabas de mí. Eso me dijiste, toda solemne: «Hay errores por los que una paga siempre». Y cómo iba a pensar que no era yo de la que hablabas, si siempre me regañabas por todo: por ir mucho a misa y antes de eso por ir muy poco; por mis maneras con la prima, por mis juntiñas con Valme, por mi cariño a Juana. Todo, todo te molestaba de mí. Y de la prima, nada. Estrellita todo lo hacía bien, en nada se equivocaba. Pero sabes qué, madre, que ahora te vas y nos dejas, y no, no creas que te vas a librar por eso. Hay errores por los que una paga siempre, madre, aunque una se muera, los paga.

—Hija, qué ganamos con esto, si tú ya sabes y también yo, a qué estás jugando con esto, si hace ya tanto de aquello...

—Claro que sé, madre, pero me debes el nombrarlo. Veamos, por dónde empezamos, madre. —Otra vez volvió los ojos arriba, recordando—. Por la tita Inma. —La madre negó con la cabeza—. O mejor, por el tito Álvaro.

Dolores lloraba por primera vez en años. Lloraba y asentía, lloraba con alivio casi, al fin y al cabo más duele siempre el silencio, más duele lo que callamos.

—Para, para —consiguió decir Dolores—, que no te voy a dar el gusto: escucha, no vengas a juzgarme que mira cómo has entrado tú en la finca, que tú y yo no somos tan dispares, ¿o es que lo tuyo es del espíritu santo?

Manuela no se lo pensó dos veces:

—No fue el marido de mi hermana, desde luego. —Dolores cesó en su llanto y colocó ambas palmas sobre la mesa.

—No te creas tan especial; después de todo no desearía ni a ti que esa niña te saliese como tú lo has hecho. Tú no sabes, Manuela, tú no tienes ni idea de lo que es traer una niña al mundo sin tener a nadie, ¡a nadie! Y sacarla de tus costillas, y amamantarla, y el dolor de los calostros, y protegerla de las noches, y cuidarle las fiebres y darle calor en los inviernos largos, ¿y para qué? ¿Para qué, dime? Para luego, esto. Reproches y más reproches, eso es todo lo que me has tenido siempre. Nada más que reproches.

—Y dime, madre, ¿qué pensaría mi hermanastra al saber cuánto nos has estado mintiendo? ¿Qué pensaría si supiera lo que le has estado ocultando?

XXXVI

—Estrella no tiene que saber de esto.

Estrella se encontraba lo suficientemente lejos como para no entender de qué hablaban, pero no tanto como para dejar de percibir su nombre como un murmullo, «Estrella —y luego otra vez, entre cuchicheos—, Estrellita»; y fue así que, en busca de más pistas, emprendió su camino de vuelta a la escena.

Mientras tanto, en la cocina:

—Estrella no tiene que saber nada de esto, Manuela. Que ella no necesita pensar en estos líos, ella siempre ha tenido paz de espíritu, no ha necesitado darle vueltas a las cosas que tú siempre tienes rondándote en la cabeza. Ella no es como tú, hija, tú eres la que quiere remover; tu hermana nunca ha necesitado saber más que lo que yo le haya contado. Hazme caso que a ella esto no le importa. Estrella no es como tú.

—No es como yo, no es como yo; repites eso como un papagayo, y crees que no sé por dónde vas, ¿a qué viene eso, madre? Vamos, dilo, di en qué no es como yo mi prima, en qué tendría que parecerme más y al no hacerlo te he disgustado tanto.

—Ni que yo pudiera hablar contigo. A todo lo que yo diga tú le sacas punta.

—Ah, no, no, no tires la piedra y escondas tú también la mano.

—Qué te digo, Manuela; me cargan estas conversaciones, yo ya no estoy bien, no estoy para...

—Que estás malita y te cansas a cada rato, ya lo sé, madre, ya lo sé; pero solo lo estás cuando te conviene, cuando la conversación topa con...

Dolores resopló antes de concluir:

—Calla, calla. Que así sea, entonces. Si es lo que quieres, si eso es lo que de verdad quieres escuchar, hablemos. No estoy para batallas.

Estrella, aún en camino, seguía oyendo que si Estrella esto, que si Estrella lo otro, y aunque tras tantos años de lo mismo ya nada le sorprendía, no podía imaginarse lo que iba a encontrarse aquel día que ya de muy temprano había amanecido aciago.

Manuela tomó aire y con las manos indicó a su madre que siguiera, que estaba preparada, aunque en realidad no lo estuviera.

—Hija, parece que siempre haya hecho algo malo. Yo no sé cómo hablarte para que tú me entiendas y desde chiquitita todo lo que te decía te parecía un pecado. Siempre me has culpado de ser madre sin un hombre al lado y ahora mira tú. Mírate, mira. Pero Estrella nunca me hizo sentir nada de eso, al revés, más bien lo contrario. Habían pasado muy poquitos meses, yo ya no recuerdo cuántos, cuando me llamó mamá por primera vez. Era tan pequeñita cuando se fue mi hermana. Tú no sabes, ¡tú no sabes!, lo que a mí me entró en el cuerpo después de escucharlo. Me di cuenta de que iba a quererme mucho esta niña y de que yo le debía todo el amor del mundo; y así ha sido, Manuela, todos estos años. Ni un día me ha dejado sola mi niña. Tú marchaste lejos sin decir ni adiós, como si fuera yo la peor madre del mundo, pero ella no. Ella ha estado cada día, cada noche, cada domingo y cada lunes a mi lado. Nunca me ha dejado, ni una sola vez. Ni por todo el oro del mundo ella me hubiera dejado. No como tú, que no me querías, que te fuiste sin importarte nadie. Ni tu madre te ha importado, hija; ni siquiera tu madre.

Estrella apareció en escena, justo a tiempo de escuchar esto y también lo siguiente, y fue de hecho lo siguiente lo que la partió en mil pedazos:

—Tanto tanto no te querría Estrellita cuando no pasó un día sin que yo no recibiera carta suya. —Manuela cambió el tono por uno más lastimero—. «Que no me dejes solita con mamá, prima, que me muero aquí sola con ella; que no hace más que reñir a todos desde que te has ido, que está loca, que ha perdido la cabeza y no me deja respirar ni moverme ni hacer lo que yo quiera. Que me va a enterrar en vida, Manuelita, ven por mí, por lo que tú más quieras no me dejes aquí con ella. Llévame contigo, prima; no me olvides, Manuelita».

Dolores levantó las cejas y movió la cabeza como el que ha perdido el equilibrio, como en busca de un suelo que acababa de perder para siempre. La figura de Estrella se reflejó en la penumbra de la puerta, con medio cuerpo escondido tras el marco y otro medio al descubierto. No quiso levantar la vista. Solo Dolores se atrevió a mirarlas a las dos, y antes de salir de la cocina, concluyó:

—No me va a matar el bicho malo este, vais a hacerlo vosotras dos con vuestras malicias. Que tenga yo que llegar a mi lecho solo para darme cuenta de no han sido más que cuervos lo que he criado.

Las primas no dijeron nada, Dolores se retiró a su cuarto mientras Manuela corría hacia el patio.

Caminó a la alberca en busca del silencio, con todo lo de dentro chillando fuerte, con el vientre endurecido de tanta emoción difícil, cuando escuchó a su prima correr tras de sí. Al ponerse en frente suya, aún con la pena de la noticia de la doctora Milagros y la angustia de la traición que le había dejado la conversación que acababa de presenciar, le dijo solo una cosa:

—Cómo has podido…

Manuela no había tenido aún tiempo de entender nada de lo que había pasado, todo había ocurrido en un segundo desde que ella entró de vuelta en la finca: los olores, los sabores de la infancia le habían confundido los sentidos desde el principio; los reencuentros con Valme y con el resto; Estrella, Estrellita y aquello sobre lo que giraba todo, su madre. Su madre muriendo. Y todo en un segundo. No sabía bien cómo había llegado a delatar a su prima ni cuándo descubrió que su prima era más que eso, porque la realidad es que los secretos nunca lo son tanto, hace falta un cómplice para esconder y hacer creer que no sabemos lo que en verdad sabemos, y ese cómplice no suele ser otro que nosotros mismos.

Y eso justo había hecho Manuela; ella había sospechado, acallado sus sospechas y vuelto a sospechar durante todos aquellos años, siempre dejando que la sombra de lo incierto tiñera de condicional sus relaciones, de temporal sus afectos, para así no tener que estar nunca ni dentro ni fuera del todo, no tener que implicarse en exceso ni dejar que el agua le llegara al cuello.

Y sin saber bien qué sentir, dijo esto:

—No lo sé, Estrellita. No sé por qué lo he hecho.

Y calló y no le contó a la prima, no le contó ni cuando Estrella le gritó que cómo podía haber hecho algo así en un momento tan terrible para su madre, justo tras oír que la perdían para siempre, que no había vuelta atrás, que no era una broma aquello; le reprochó que por qué justo entonces había querido hacerle tanto daño. Y no supo qué contestar, qué sentir, qué pensar. La miró con ojos tristes y tuvo algo claro: aquello que tenía que callar y que no diría nunca. Aquello que Manuela se llevaría con ella al día de su propio entierro.

XXXVII

Aquellos días las tres mujeres de la familia Medina se separaron sin remedio como las puntas de un tenedor endeble y retorcido, cada una en la dirección opuesta.

Estrella, que no quería saber nada de su hermana —o su hermanastra, o su prima, o lo que quiera que esta fuera aún sin ella saberlo—, buscaba el antiguo afecto de su madre por cada rincón de la casa; y lo buscaba sin tregua, como un perro lastimero, y cuanto más lo buscaba, menos lo encontraba. Vagaba sin rumbo, siempre con sus labores encima, y en cualquier mecedora se sentaba a bordar un ratito, y en el traqueteo de adelante a atrás encontraba algún consuelo, algo muy parecido al de una madre cuando mece a su bebé malito; porque justo así se sentía Estrella: sin madre, otra vez pequeñita.

Dolores, que no había caído tan hondo ni con lo de tía Inma y tío Álvaro, se negaba en redondo a salir de su habitación, a la que Elvira y Estefanía se turnaban para llevarle la comida con paciencia servil; le cambiaban las sábanas y atusaban los almohadones tras el cuello rígido, y le llevaban caldos que nunca acababa y casi nunca llegaba a empezar siquiera.

La doctora Milagros iba y venía a la finca regularmente, le recetaba cosas que no servían de mucho, pero Dolores se las tomaba todas juntas, decía que se tomaba lo que fuese que le quitase aquel dolor inmenso, aquel dolor que de un día al otro la había inundado como si la hubiera mirado un tuerto. Estefanía y Elvira siempre necesitaban pararle los pies. Mira que no seas tan brutísima, Dolores, que sabemos que te duele, pero tomando más no te vas a poner mejor, sino al revés. Pero tanto tanto le dolía a Dolores aquello que se arqueaba en la cama. No gritaba porque ni eso le proporcionaba alivio, por eso y por algo más: en el fondo hasta ella sabía que aquel dolor poco tenía que ver con el bicho malo que se la comía por dentro. Aquel dolor, muy a pesar suyo, no se lo iba a llevar ni la muerte misma, ni el final de todo la iba a librar de aquello.

Lo de Manuela fue otra historia, Manuela había sido siempre independiente hasta para eso. Ella transitó varias fases en aquellos días tristes. El calor de julio la obligaba a desconectar del llanto de rato en rato, no fuera que perdiera toda el agua de golpe, porque con la barriga ya en las últimas no podía asumir ya ciertos riesgos. Por más pena que tenía, entendía bien la necesidad de abrir el grifo y cerrarlo a sorbitos, que ya no estaba ella sola en aquel cuerpo, ahora su bebé sin nombre necesitaba de más quietud, de más reposo; y eso hacía que hasta la forma de sentir de Manuela fuera otra, que hasta el desahogo y la pena, hasta el dolor más hondo fueran entendidos desde un prisma nuevo, un prisma diferente al de su madre y su prima —o su hermana, o su hermanastra—, aunque nadie le quitaba a Manuela el dolor de haber descubierto lo que ahora sabía.

Pero había un dolor más grande por más incierto, y era la desazón de haber roto el último cordón que la unía a su madre, haberlo cortado con saña y sin necesidad de haberlo hecho. Por qué levantar ampollas, destapar la olla a presión que con fuerza su madre había mantenido cerrada durante aquellos años. Manuela la había destapado sin más miramientos, de un solo golpe de mano, sin pararse a razonar ni un poquito, porque así hacía las cosas siempre la niña de Dolores, sin mirar por nadie, sin pensar en qué ocurriría tras hacer algo así, algo que por más que fuera un impulso no tenía Manuela que haber hecho.

Ni siquiera Manuela entendía, ella pensaba y pensaba en por qué había precipitado algo así, y por más que pensaba no lo concebía, y aún le llevaría algún tiempo el entenderlo: que Manuela había tratado con tal dureza a Dolores por una íntima necesidad de acabar pronto con su madre y con todo aquello. Si en sus manos hubiese estado su mismísimo cuello, con sus mismas manos lo habría hecho. La agonía del duelo había impreso urgencia en sus impulsos, había llenado de velocidad sus afectos. Lo que fuera con tal de acabar con el dolor de la pérdida, con el dolor desgarrador del duelo. Fue suficiente con saber que el final venía para que Manuela perdiese todos los reparos que siempre había puesto en enfrentarse a su madre y a su hermana. Era ahora o nunca al fin y al cabo. Mejor amputar a tiempo que sufrir la gangrena agarrársele al alma para los restos.

Nada era un consuelo para nadie aquellos días. La finca entera parecía haberse engalanado en riguroso luto, en espera de una muerte más que anunciada: el sol de julio brillaba con demasiada fuerza y cansaba los ánimos, las plantas sufrían un calor que no daba tregua hasta la noche; el cielo, aunque aún azul, cada vez prometía un blanco más blanco. La madre no salía del cuarto, las primas encajaban sus horarios de manera que no tuviesen que encontrarse, hasta el personal de la finca había bajado el ritmo y el ruido. Nadie se miraba a la cara porque el dolor era muy fuerte. Todos hacían lo único que se podía hacer en aquel momento: esperar. Esperar era suficiente.

Manuela se preguntaba si así sería en la finca una vez la madre no estuviera: dos primas distantes, un cielo blanco. Un secreto enterrado bajo una finca encantada. Pensaba entonces en qué haría cuando llegara el día, en si la decisión de quedarse cerca había estado fundada en sentimientos tiernos y poco sinceros, si se había dejado llevar por un calor que necesitaba pero que no era del todo cierto. Se preguntaba también si era esto la familia, si había algo de normal en todo eso. Si sería mejor estar sola que acompañada y en agonía, si debía volver a su ático, a su anterior vecina Remeditas, a buscar el teléfono de su antiguo casero.

Solo con Juana hablaba Manuela aquellos días. Juana, que siempre supo encontrar el hueco, le decía: «Tú piensa que cuando Dolores se vaya todo volverá a su sitio; no te angusties, mi niña bonita, ya sé que es mucha pena la que tienes, pero ya queda menos. Ya queda mucho menos». Pero Manuela no sabía si creer en que aquello pudiera ser cierto. Era difícil saber qué sería el mundo sin Dolores, sin su apellido Medina, sin la finca o sin tener un suelo. Si entonces querría a Juana de manera distinta, si una vez su bebé sin nombre naciera ella podría desprenderse por fin del miedo. Si maternidad y orfandad podrían convivir en ella al mismo tiempo, si era eso lo natural en la vida o solo ella pensaba en todo eso. Manuela pensaba en aquello y en más, mientras Juana la engatusaba con sus juegos. Justo cuando más necesitaba, se encontraban; cuando se sentía más pequeñita, más aparecía Juana en la vida de Manuela.

Y así, con el apellido Medina muriendo despacito, con un futuro negro y un cielo casi blanco, con mucha pena mal digerida y mucho llanto, tacharon las tres mujeres Medina aquellos días horribles del calendario.

XXXVIII

El día veintiséis de aquel mes era un día grande en el pueblo: Santa Ana procesionaba por las calles del centro ante la mirada de todos los nazarenos, que la vitoreaban al verla pasar con la banda de música, y justo amanecía aquel día cuando Manuela pensó que ella no iba a ser menos.

Y no es que estuviera para fiestas Manuela, pero algo tenía claro: con dolor o sin él, la vida continuaba su curso. La casa se le había echado encima por culpa de la angustia de lo que venía, todo había adquirido un tono nuevo, más nebuloso, distinto. La muerte planeaba sobre la finca como un cuervo sobre la carroña fresca, y sentía Manuela que aquello ocurriría si la pillaba durmiendo, pero si festejaba, también. Celebrar en medio del dolor le parecía, por tanto, la única forma verdadera de seguir con su día a día, de hacerle algún honor al tiempo, de hacerse consciente de lo que venía. Al fin y al cabo, pensaba Manuela, eso es lo que había hecho siempre, eso justo hacemos todos desde niños: celebrar en medio del dolor de la vida.

Aún con esas, no quiso armar jaleo aquella tarde al salir del caserío. Había dedicado un rato a acicalarse y ponerse su mejor vestido, que había comprado hacía solo unos días en una tiendecita en Sevilla, y fue al mirarse al espejo que sintió que le nacía una sonrisa triste, muy triste quizá, pero una sonrisa: el bebé sin nombre había crecido tanto que su figura salía del espejo al girar el cuerpo para comprobar el tamaño de su curvatura.

Ya desde la verja avistó a Estrella, quien le levantó una mano a lo lejos, a lo que Manuela contestó indecisa. Pensó en decirle que fuera con ella, que era un día de fiesta, que se diesen una tregua un ratito, pero no lo hizo porque pensó que, aunque quisiese, no podría. Que a partir de ahora todo habría cambiado, que ese secreto que ella sabía y se tendría que llevar a la tumba sería ya un muro que siempre las separaría. Que ya no podría llamarla prima sin pensar en lo que había tras eso, que ya no podría mirarla a la cara sin pensar en lo que inevitablemente sabía. Así que levantó la mano, trató de sonreír con mucho esfuerzo, abrió la verja y cogió el camino para ver a su amiga.

El centro del pueblo la recibió de manera muy distinta a como ella lo había recordado. Manuela aún guardaba en la memoria las antiguas fiestas del Santiago, que antaño solían celebrarse en esos mismos días: recordaba las casetas del Arenal y los bailes agarrados, el ambigú y las tómbolas, los paseos por una calle Real vestida de fiesta. De aquello hacía ya tanto que casi parecía otra vida. Manuela, que no era nostálgica porque nunca se había podido permitir serlo, sintió que las diferencias tampoco las eran tanto: los balcones engalanados con los mantones más lujosos, la gente del pueblo vestidita de domingo, la ilusión de los niños repeinados, las mujeres con sus bolsos de estreno agarradas a los brazos de sus maridos orgullosos. Y de fondo, el alboroto de la vida en la calle que solo apaciguaba el peso del calor de la tarde de julio, de aquel sol imponente, pero bajo.

Manuela había dicho a Valme que la recogería a ella y a las niñas antes de que llegara la noche, pues era a la noche que la patrona procesaría por las calles y eso ella no iba a perdérselo este año. Ya habían sido muchos que desde su ático había imaginado a la Virgen recorrer el pueblo, que también había puesto su mente en la Romería de Valme, caminando delante de la Virgen a caballo. Esto no se lo perdería este año por nada ni nadie, aquel año celebraría cada fiesta de su pueblo —Santa Ana, la Romería de Valme, las Navidades y hasta los cumpleaños—, se lo había jurado.

—¿A cómo están los algodones de azúcar? —preguntó Manuela al primer vendedor ambulante con el que se cruzó de camino a donde su amiga.

Valme vivía en el número 24 de la calle Antonia Díaz, a pocos pasos de la farmacia de Gonzalo. Llegó tarde a su encuentro porque ya no calculaba bien los tiempos y llevaba el paso cansado, ya más rápido no podía por más que lo hubiera intentado. Se disculpó tres veces porque ella no era de aparecer tarde, pero Valme estaba tan contenta de verla que le dijo que se dejara de tonterías, que allí estaba, ¿no? Las niñas, felices con sus algodones rosas, se alegraron mucho de ver a su tía. Que mira qué gorda estás ya, Manuela, que a ver si vas a dar a luz hoy mismo y vamos a tener que llevarte en volandas a urgencias, y ante aquellas ocurrencias Manuela reía. Contestaba que aún le quedaban cinco días para que saliese de cuentas, que la doctora Milagros la llevaba de cerca y le había dicho que aún le quedaba, que el bebé sin nombre aún no salía. Manuelita, la niña, le preguntaba a su tía:

—¿Se va a llamar como nosotras?

Y aunque Manuela negaba con la cabeza, no respondía. Porque lo cierto es que aún no sabía.

Salieron la una del brazo de la otra, las niñas corriendo delante a poca distancia, las calles cortadas al tráfico para recibir a Santa Ana en su día. Caminaron por la calle Lope de Vega y bajaron a buen paso por Alcoba hasta llegar al Arenal, donde aminoraron el paso y pararon para hacer tiempo y charlar un rato a tomar una tapita.

—Manuela, estás triste, te lo noto en los ojos.

—Pues cómo voy a estar, amiga.

Y sin necesidad de que Valme preguntase más, Manuela compartió todo. Le contó lo que había hecho hacía unos días en la finca, le contó de sus miedos como madre y como hija y de cómo la acompañaban todo el rato. Le habló del tío Álvaro, que ya no sería nunca más su tío, aunque tampoco podría ser un padre, un padre debía ser algo más que eso, algo más que una sombra gigante y repentina. Le habló también de Estrellita y de cómo la había delatado, de lo mucho que debía ahora odiarla por lo que le había hecho, a lo que Valme contestó lo que siempre, que no digas tonterías que dices muchas, quién va a odiarte a ti, amiga, si eres querible hasta cuando ser querible es lo último que tú te empeñas en ser.

Así siguieron un rato, Manuela entre la pena y la risa, las niñas yendo y viniendo, el resto del pueblo celebrando. Y cuando llegó la noche, Santa Ana salió de la parroquia y las dos amigas acudieron a coger un buen sitio desde el que ver pasar al paso. Hacía tanto desde la última vez que Manuela fue parte de algo tan grande y tan suyo que tenía la emoción apretándole el pecho todo el rato.

A las nueve y media de aquel 26 de julio, Manuela vio a la patrona pasar sin poder contener el llanto. Con los ojos puestos en su manto, pensó en si puede una estar contenta y triste al mismo tiempo, segura y asustada, empezando y acabando. Pensó en Valme y en las mujeres de la familia Medina, en Juana, en la finca, en su vida pasada y en lo que le venía. En si era lo normal quedarse o si, como a veces y a partes iguales temía y anhelaba, aquella vida simple y recogida pronto quedaría en un recuerdo viejo, en otra etapa más de la que tirar cuando llegaran peores tiempos, en un rincón de su memoria, en un íntimo remanso de nostalgia, en polvo de estrellas, en nada.

XXXIX

El día último de aquel séptimo mes, Manuela salió de cuentas. Se levantó con cuidado echándose hacia un lado, pensando en que ya no se podía ocupar más espacio, en que el bebé sin nombre vendría crecidito y veríamos a ver el parto; se colocó las sandalias con mucho trabajo y sin poder ya cerrar las presillas, masajeándose los tobillos uno detrás del otro como pudo, mientras se sonreía ante la ocurrencia de que sí, que al fin había llegado el día, y que como imaginó que iba a ocurrir, sus tobillos contenían los siete mares dentro.

Madre y prima también sabían que el 31 de julio era el día en que Manuela salía de cuentas, pero ninguna de las dos tuvo el valor de acercarse a verla a su cuarto. Los motivos de cada una la separaban de las otras, pues nada separa más que los motivos que son solo de una; nadie acababa por romper aquel silencio, ninguna cedía porque ninguna sabía si ceder aquella vez iba a arreglar algo. Había sido mucho el daño que todas se habían hecho y nada les aseguraba que la familia estaría por encima de todo. De los reproches y las mentiras, de los secretos, de todo. Y aunque Dolores y Estrella no se acercaron al cuarto de Manuelita, dejaron los oídos bien abiertos, estando sin estar como están siempre las familias por malas que sean, no fuera que rompiera aguas y al final aquel fuese el día que tanto había esperado, el día que todo lo cambiaría.

Manuela decidió salir al campo para estirar las piernas con cuidado de no irse muy lejos. Con agosto a las puertas, solo antes y después del sol podía alguien permitirse el lujo de hacer esto: el fuego que desprendía el suelo no la dejaba caminar el resto de las horas, ni caminar, ni comer, ni pensar, ni vivir, ni parir, pensaba ella, cómo iba a parir con aquellos tobillos y con ese calor y tan sola, sin su prima, sin su madre, tan sola.

Antes de que el sol se levantase mucho, se mojó la nuca y salió sin tomar un bocado porque ya ni un bocado entraba en aquel estómago abultado. Con las ondas recogidas con una horquilla de moño y la cara con los paños del embarazo caminó para coger el autobús amarillo que la llevase a la ermita, a la que aún en todo este tiempo no había entrado, cuidando como ella bien hacía de no ser vista. Porque nada quería menos Manuela que tener que cruzarse con nadie, tener que enfrentarse al resto de las mujeres Medina, a las que saludaba con prisa pretendida en los pasillos cuando se las topaba de cuando en cuando.

El sol de la mañana se colaba por entre las hojuelas verdes, los pajarillos ya en aquella fecha casi no decían ni pío, los olivos de aquí alzaban sus ramas al cielo resignados, los de allí trataban de guarecerse del calor agosteño, abriendo sus brazos y extendiendo las palmas como haciendo un gran sombrero. Allí al fondo los algarrobos y las matas de romero que ya a estas alturas de año no desprendían aromas frescos; los aramagos, los vinagritos y los árboles de naranja amarga con los que antaño solían hacer mermelada para comerla el domingo con mantequilla y pan que compraban en la panadería de Loli del centro.

Manuela andaba despacio y sin levantar la frente, murmurando con los labios lo que pensaba por dentro: «No sé si llego, Virgencita, no sé si llego. Mi bebé ya viene, ya está cerca o si no exploto, y yo con más dudas que nunca, y eso que pensé que a estas alturas ya sabría yo qué sería de mí y de ella, qué querríamos para nuestro futuro incierto, y sin embargo, mírame, mira qué cuadro, Virgencita; con esta barriga como un búcaro gigante y cruzando el campo toda sudada y dolorida, más sola de lo que he estado nunca, con tantos miedos, tantos... sin siquiera saber cómo podré ser madre si en mí la maternidad entera, o lo que por maternidad yo entiendo, ha resultado ser un fiasco, una mentira grande, un desencuentro. Cómo podré cuidarla en cada momento, darle consuelo y paz, respuestas aún cuando a mí me falten. Es que por más que busco no las tengo. Cómo, Virgencita, si ni un miserable nombre he sido aún capaz de darle. —Y mientras dejaba este olivo a este lado pensaba en lo rara que es la vida, que antes de darte algo siempre tiene que quitarte de otro—. Virgencita, ¿cómo quieres que sea madre con esta pena, con este miedo? ¿Es que tienen las madres miedo y pena y es un secreto del que nadie habla? ¿Puede una madre querer bien a una hija? ¿Puede una hija perdonar a una madre? Tanto miedo, tantas dudas. Pero verás, que habrás de quitármelo antes de que traiga al mundo a esta niña, habrás de darme respuesta a todo; que estoy sola, la niña viene, y aún ni he tenido el valor de verte y dar un paso a la ermita para meterme dentro, pero cómo iba a dejarme ver en tu casa y de esta guisa, ¿tú me vas a perdonar esto, dime, me vas a perdonar que tras tanto jurar me haya vuelto yo aún peor que Dolores Medina, peor que mi madre? Ni yo misma lo entiendo. Aunque verás que ya de tanto miedo ni vergüenza tengo, de ahí que vaya con este calor por este camino de olivos ancianos, de ahí que la desesperación me lleve a presentarme frente a tu ermita y por fin atreverme a adentrarme, cruzar el campo y esperar bajo este sol a que me recoja el amarillo, porque nadie más que tú puede dar respuesta a esto, Virgencita; que tú aquel jueves oscuro hace tantos años me dijiste que me fuera, estando yo sentada en la primera fila, tan sola, y lo dijiste claro, no dudé un segundo, que cogiera los bártulos y huyera, que empezase otra vez desde el principio; dime ahora, Virgencita, mándame una señal ya como hiciste aquel día hace muchos, muchos años; mira que voy por mitad del campo, que el sol me ciega, que me suda la nuca, las manos, y por más que quiera, por más empeño que yo ponga en llegar allí a verte, Virgencita, me tengo que parar aquí en mitad del campo, hoy no va a poder ser que vaya a verte, ya no llego, no puedo, me paro».

A la espera de una señal del cielo, Manuela aminoró el paso. Rendida por la pesadez del cuerpo, el cansancio, el dolor de la muerte y la vida y la angustia de la incertidumbre, paró a tomar el aire bajo la sombra diáfana de un olivo alto. Desde allí escuchó su nombre cruzar el aire, y al no reconocer la voz desde la que procedía el grito, sintió un escalofrío. Quién vendría a buscarla ahora, qué habría traído el cielo para enfrentarla con su final, qué señal le indicaría ahora el camino.

Levantó la mano desde el cobijo de la sombra, dijo aquí estoy, ven a mi encuentro que yo no estoy para mucho más, que me canso, y fue así que la cartera se acercó y le puso un sobre en la mano. Manuela tomó asiento en las raíces robustas de aquel olivo alto, agradeció a la cartera, la despidió sin hacerle caso y estiró bien las piernas antes de ver qué señal del cielo la virgencita le había enviado. Una señal en una carta era algo mucho más claro de lo que en principio había esperado. Antes de abrir el sobre, reparó en sus tobillos, calientes como cirios encendidos, redondos como globos inflados.

Querida Manuela, decía el principio de aquella carta que resultó no venir del cielo sino de un lugar lejano, y antes de terminar de leerla corrió al caserío a coger el teléfono. «Voy a llamar ahora mismo —se dijo—, no debo aguardar ni un momento. Al fin y al cabo, fue una llamada lo que hizo que comenzara todo; ha de ser una llamada la que le ponga el punto y final a este desaguisado».

Quinto acto

ACEPTACIÓN

XL

«Porque donde está la madre hay unidad, hay pertenencia, pertenencia de hijos —dijo aquel domingo don Lorenzo en la homilía de la misa de doce en la parroquia de Santa María Magdalena—. Y esta es la enseñanza que nos dejó María».

A Manuela, sentada junto a la pila bautismal, le habían cedido un lugar de privilegio, puesto que era esta la única esquina de la iglesia por donde pasaba la corriente fresquita que salía del patio, y su prima Estrella la abanicaba entre oración y oración, siempre atenta de que no se marease y se cayese al suelo por culpa de aquel calor que no perdonaba ya ni a la noche pasadas las diez. La controlaba por el rabillo del ojo, la ayudaba a levantarse en los momentos que los rezos lo exigían y a volver a su asiento cuando tocaba otra vez.

Manuela, que en todos aquellos años no había vuelto a entrar en una iglesia, aún menos en una misa, escuchaba las palabras de don Lorenzo como si vinieran de muy lejos, tratando con mucho esfuerzo de encontrarle sentido a todo aquello que decía. Donde hay madre hay unidad y pertenencia, pertenencia de hijos. Y mientras esto escuchaba, mientras esto pensaba y mientras trataba de mantener la pose en medio de aquella ola de calor tremenda de la que nadie se podía librar aquellos días, se acariciaba la barriga.

Aquel domingo una fuerza desconocida la había impulsado a unirse a su prima en su viaje al pueblo. Estrella, como había hecho con religiosidad cada día último de las últimas semanas, se había asomado a su puerta para preguntarle si quería acompañarla a escuchar misa, porque ya Dolores ni eso podía, y esperando un no, que era lo que siempre había recibido por respuesta, se encontró con un sí que la dejó dubitativa. Qué le habría entrado a Manuela para aceptar venir con ella al pueblo, después de aquellas semanas tan malas en las que casi ni hola ni adiós, después de que todo el lío que habían montado hiciese a Estrella poner en tela de juicio todo —todo todo—, hasta si se querían. Y esas dudas no habían nacido de la nada, eran dudas con fundamento: el día anterior la había visto volver con un sobre en la mano y corriendo, hacer una llamada sigilosa y encerrarse en su cuarto sin cenar ni salir más tarde ni a tomar el aire fresco. Y al preguntarle a la mañana con la puerta a medio abrir, preguntando sin preguntar en serio, como se dicen las cosas de las que no se esperan respuestas porque sabe una que preguntar es para nada, pero aun así una debe hacerlo, Manuela le había respondido, para su sorpresa, que sí, y le había dado un beso, que sí, prima, espérame un momentito que me vista. Que me pongo el vestido rápido y me voy contigo al pueblo.

El camino lo habían hecho en autobús, la una sentada junto a la otra, el conductor con miedo a que Manuela diera a luz en cualquiera de los baches por culpa de tanta curva. Mira que vamos a acabar en el hospital todos, le había dicho, y Estrella había reído ante la idea, tratando de ocultar la ilusión que le hacía pensar en que algo así ocurriera y ser ella quien de aquella manera la ayudase a traer a su retoño. Fantaseaba con que Dolores pudiera conocer al bebé antes de irse, que una niña le devolviese la vida a aquella familia destruida. Pero había callado y había mirado por la ventana, no había dicho nada a Manuela porque sabía lo sensible que Manuela estaba, que Manuela era; y estaba también aquella discusión maldita, aquel secreto que Manuela guardaba con celo de su prima y que a su prima, de saberlo, igual no habría importado tanto, pero que sin las dos quererlo las separaba de forma definitiva: Estrella y Manuela hermanas, la madre que moría, los cariños sin resolver y esta historia ya muy al final de todo, ya casi que termina.

Mientras esto pensaba Estrella, Manuela sujetaba su bolso entre los dedos, que ahora siempre llevaba sudados. En él guardaba la carta que el día anterior la cartera le había dado, y escribiendo en su mente una respuesta, pensaba en que quizá don Lorenzo le daría una idea de qué hacer, quizá la homilía le pondría algo de luz a aquel asunto tan extraño: Remeditas y su carta habían despertado en ella sentimientos enterrados. Al llamarla de vuelta no dio con ella, habló con el casero que fue también un día el suyo, musitó algo que no se pudo escuchar de lejos, colgó con los labios cerrados. Y prometió escribir respuesta a su carta aquel día, no dejar pasar más tiempo porque el tiempo solo lo complicaría todo, porque ya habían sido muchos meses dejando pasar y quería acabar con el sufrimiento que el dejar pasar le había supuesto y empezar pronto con lo siguiente que la vida le tuviera preparado.

Las palabras de don Lorenzo cayeron sobre Manuela como un bálsamo templado. Sin preguntar, Manuela recibió respuesta aquel domingo, y al acabar la misa le entró la prisa por volver y concluir lo que siete meses atrás había empezado.

—Dime qué tienes, prima. Dime qué tienes en la cabeza, qué pasó ayer tarde, qué te preocupa tanto.

Manuela negaba con la cabeza, porque las palabras las tenía todas ocupadas en la redacción de aquella carta importante que habría de escribir en un rato.

Aquella tarde de agosto Manuela se rindió al fin ante la evidencia de lo que los meses anteriores le habían enseñado. Agosto trajo consigo la sumisión a la que obliga el calor aplastante, que disipa las dudas y apaga sin remedio la ebullición de la primavera.

Al entrar en el caserío, Manuela miraría al cielo a la vez que Dolores lo haría desde su cuarto, para acabar las dos por pensar lo mismo: «Esto no tiene vuelta atrás. El cielo se está poniendo blanco».

Con su mala letra, que era peor que mala ahora que tenía los dedos así de hinchados, agarró un papel del cajón del escritorio que un día usó para hacer cuentas y estudiar los ríos, las sintaxis y los reyes Godos; tomó asiento en su vieja silla y escribió sin necesitar pensarlo:

«Querida Remedios:

Tu carta ha llegado justo en el momento adecuado. Te diré que cuando ayer la recogí de la mano de la cartera, tus palabras me salvaron como tantas otras veces ya lo hicieron en el pasado. Al leerte, casi podía oír a los niños corriendo por el pasillo común, las risas que nos echábamos con el sonido del café a media tarde silbando.

Abrí el sobre hundiendo los pies en la tierra, el cuerpo echado sobre las enormes raíces de un olivo centenario, y sentí rugir el suelo cuando leí lo que querías contarme. No hay nubes estos días y el calor te encuentra allí donde te escondas, así como tantas veces te relaté que ocurría en la provincia de Sevilla. La finca en verano es un horno, el sol cae en los árboles como un manto de fuego, y desde donde te leí olía a tiza, a olivo y tierra seca, que es como huele Andalucía, mi tierra.

Si me vieras ahora, Remeditas, te llevarías las manos a la boca, todo te traería sorpresa. Mi bebé no quiere salir y yo estoy que no me contengo y nada me calma, que me cuesta andar, respirar, hasta masticar ya duele, y cuando pienso en ti y en tus seis siento que las mujeres como tú debéis de estar hechas de una pasta diferente.

Antes de contestarte, déjame decirte algo. No me he olvidado de ti ni me olvido, aquella despedida en el rellano siempre ha seguido conmigo, ni por un instante mi mente la ha borrado. Que veinte años no son nada, y que aunque entre nosotras no haya habido sangre, como si la hubiera habido. Pero Remeditas, eso es una cosa y esta es otra, mi amiga. Tu petición me enfrenta a una decisión que muy dentro he estado aplazando, y es por eso que tu carta llega cuando tiene que llegar y no antes ni después. Pero déjame contestarte, déjame, que me estoy liando.

Me dices que tu marido no está nunca como nunca ha estado, que entra y que sale, que va y viene, que está raro. Me dices también que el casero me ofrece mi antiguo piso, que aún no lo tiene alquilado, y te diré que ya lo hablé yo ayer con él. Que me echas de menos y también yo lo hago. Que me ofreces ayuda de la que necesite, una familia para mí y mi niña, un futuro a vuestro lado. Que me vuelva, me dices. Y yo te doy las gracias, porque gracias es todo lo que te puedo dar llegado este caso. Pero déjame que te cuente, Remeditas, déjame.

Pertenezco a una estirpe de mujeres guerreras. Mujeres recias y sencillas, a las que nada amedrenta. Una estirpe de mujeres que cuando cometen errores, los cometen y bien. Y tú ya sabrás eso a estas alturas, pero perdóname por no haber sido la amiga que mereces, porque hubieras merecido no esta amistad sino algo mucho más acorde con lo que tú has tenido en avenencia concederme. Una estirpe de mujeres de tierra de la que en algún momento quise olvidarme, pero Medina llama a Manuela como el campo a las flores: por su nombre.

Durante años he sentido miedo. Tú lo sabes bien, tú lo has visto, lo has escuchado, hasta has llorado conmigo cuando ha llegado el momento. Miedo de mi casta, mi apellido y mi sangre. Miedo de estar sola o peor, rodeada de ellas, y tú siempre has estado a mi lado para consolarme. Siempre siempre hasta aquel día en que nos despedimos y dijiste lo que dijiste, que siempre me guardarías una esquinita donde no me rozaría ni el aire. Y déjame que te diga, Remeditas, que algunas noches de los últimos meses he necesitado más que a mi vida tu consuelo, esa esquinita y ese aire.

Pero algo ha cambiado, Remeditas. Algo dentro y fuera: y son mi niña y mi madre. Sin saber muy bien cómo, me ha embestido la inevitabilidad de lo que se avecina, y ya no tengo que pensar lo que no puede pensarse, que no soy huérfana ni lo he sido nunca, que tengo una hermana, una hija, una madre.

Te agradezco tu carta y tu propuesta, pero ya ves que solo puedo quedarme, pues no elige el que quiere, sino el que puede, y no hay decisión posible en lo que dicta la sangre. Acepta el venir a verme, no tienes que decirle nada a tu marido, porque él no tiene que saber más de lo que tú quieras contarle; tú coge a los niños y vente a visitarme. No te costará encontrarme, puesto que a partir de hoy a tu amiga siempre la podrás encontrar en este trocito de tierra, que siendo mi casa es también la tuya. Porque donde hay madre hay pertenencia de hijos, Remeditas, y tu amiga Manuela siempre estará aquí: en la finca de las mujeres de la familia Medina, donde ni el aire puede rozarle».

Manuela fechó la carta, la firmó y cerró con saliva el sobre. A partir de aquel día no podría huir de nuevo: habría de buscar otra forma de lidiar con el dolor, con la ira y los miedos. Manuela supo en ese mismo instante que a partir de ese día y para siempre debía quedarse en la finca de las mujeres de su familia.

XLI

Un lunes Manuela se vistió para ir a echar la carta a Correos. Pasó por el cuarto de Dolores de puntillas, evitando a toda costa hacer ruidos, con los huesos encogidos, los puños apretados, las rodillas pegaditas, cuando pensándoselo mejor —solo Dios supo el motivo—, dio media vuelta. Tocó dos veces sin respuesta y a la tercera entró.

Encontró a Dolores recostada sobre un lado y con la vista perdida en la ventana: contemplaba el vacío. Sospechaba que pronto se la llevaba. Las cortinas medio abiertas dibujando una sombra suave bajo el quicio, el cuarto en completo silencio; nada transmitía calma.

—Voy al pueblo, madre, y de paso paro a ver a mi amiga Valme. ¿Qué te apetece comer esta semana para el almuerzo? Lo que te apetezca te traigo —dijo con un cariño inusual en ella—, tú pide por esa boquita. Tomates para un buen gazpacho y varios cogollos de lechuga, ¿eso traigo?

Dolores giró medio cuerpo. Las piernas enclenques, las sábanas duras del sudor y el pelo blanco como un campo de algodones ante la llegada del invierno. Sorprendida por la visita y el tono de Manuela, contestó algo que la hija no entendería hasta pasado un buen rato.

—Quiero puchero.

—¿Puchero en verano?

—Puchero, hija. —Torció el cuerpo del todo, se recostó, tosió y bebió agua antes de acabar de decir—: Pídele avíos de ternera y pollo, unas acelgas bien frescas y las verduras que haya.

—¿Cualesquiera?

—Las que tengan. También tocino, un trozo generoso, que a veces no sabes lo que racanean con el tocino, parece que fuera oro.

—Claro, madre —contestó extrañada—. Si tú quieres puchero, puchero te traigo.

—No te olvides de comprar harina, también huevos y leche fresca, que tendrán que liar croquetas Estefanía y Elvira esta semana.

Manuela, a sabiendas del calor que entraría pronto, no quiso demorarse un momento. Miró el reloj que tocaba ya media hora pasadas las diez, pensó en el tiempo que le llevaría alcanzar el amarillo, y a pesar de la extrañeza de lo que madre le había pedido en esta fecha, que ella era de alimentarse con agua y lechuga y tomate y nada más que eso en verano, decidió tirar y no perder un minuto discutiendo. Si Dolores quería puchero, eso le compraría Manuela.

El camino en autobús por la carretera vieja le dio a Manuela para un par de sueñecitos cortos. Entre uno y otro pensó que su madre siempre había sido de comer poco, que de dónde venía tanta hambre; rio entonces al pensar en lo contenta que se pondría Estrellita al escuchar eso, y tocó con sus dedos el sobre que en su bolso había guardado a buen recaudo. Imaginó a Remeditas leyéndolo, masticando cada palabra y entendiéndolo todo, porque Remeditas siempre fue de entenderla aún sin saberlo todo. Tampoco que nadie, ni siquiera Remeditas, necesitara saberlo todo.

Agosto siempre había sido un mes lento en el pueblo, y aun siendo aquel su primer agosto en veinte años, el ritmo parecía haber sido el mismo durante todo aquel tiempo. Los mayores sentados en los bancos de azulejos viendo las horas pasar, los niños haciendo cola y compitiendo con los pajarillos por beber de la fuente de piedra, las palmeras de hojas detenidas y abiertas, todo confirmaba lo que ya sabía: que agosto era un mes tranquilo y lento. Así fue en el pasado y así lo seguía siendo: agosto era, de entre todos, el mes más lento.

Tocaban las once en el campanario de la parroquia cuando Manuela se apeó del autobús como pudo, haciendo uso de las mil manos que en su día vaticinó que tendría llegado este momento; se atusó el vestido que ya no encajaba de ninguna manera, y tras echar el sobre en el buzón de Correos, se dirigió resuelta y animosa a buscar a su amiga en su puesto.

La pararon en cada esquina, las caras de pena contrastaban con aquel sol tan alto. Ay, pobrecita tu madre, con lo que ella era. Dale un beso de nuestra parte, Lolita, que mira que no vamos a verla no porque no queramos, sino por ella, que ya sabemos que es orgullosa, que no querrá que la veamos en ese estado, que mira que no paramos de rezarle a la Virgen que se la lleve sin dolor. Ay, que no sufra, esto es todo lo que le pedimos al cielo, que no sufra y que sea rápido. Que no le duela y que ya se la lleve Dios.

Presa del desconcierto, Manuela asentía sin saber ni a qué estaba asintiendo: besaba las mejillas viejas, las carnes frías, las manos temblorosas y artríticas y seguía en su camino sin dedicarles más tiempo. No podía entender a qué tanta historia si aún su madre estaba viva y nadie sabía cuánto le quedaba: qué empeño en matarla en vida, en acabar con todo sin entender que todo tiene sus tiempos. Caminó y caminó, las piernas ya más abiertas de tanto peso, el paso tranquilo, el sol agudo sobre la frente. La vista nublada la ayudó a no pensar, pero aquel sabor a pésame le había revuelto las tripas como un sapo envenenado.

Solo la despejó el olor del romero de la gitana a la entrada de la plaza. Un poquito de romero, niña, que te va a traer suerte, venga, guapa, míratelo bien que la preñez que tú llevas ya te va a reventar el vientre, y la suerte vas a necesitarla, hazme caso, que no quieres estar sola. Manuela apartó con la mano el romero, cómo iba ella a estar sola. Pásate el romero por la barriga, que sí, mujer, que tú hazme caso, que funciona. Y aunque ella no era de supersticiones tontas ni de alimentar sus miedos, sacó unas pesetas del bolso para acabar con aquello. Toma el dinero y déjame tranquila, toma.

Pasó y saludó a Valme, quien se burló de verla aparecer con aquella barriga enorme y el romero, se abrazaron de lado, que ya de frente ni abrazos le cabían, se dejó sobar la barriga, aunque tras nueve meses no acababa por acostumbrarse a aquella invasión tan íntima. Compró lo que necesitaba en su puesto para dejarse después acompañar por Valme y terminar de coger lo que Dolores le había pedido del resto.

—¿Qué más necesitas, Manuela? Mira que venir hasta el pueblo en tu estado, tenías que haberte quedado en casa, yo misma podría haberme acercado más tarde con los recados hechos.

—Ay, que necesito moverme, Valme; que ya me dijo la doctora que andar me conviene, que quedarme quieta solo va a hacer que mi niña se quiera quedar ahí dentro más tiempo.

—Pues qué necesitas, dime. Que yo aquí tengo mano y, si te pido yo, te dan buen género.

—Mi madre quiere puchero y me manda por avíos, ¿tú te crees?

—¿Puchero en agosto?

—Pues justo eso pensé yo —contestó Manuela—. Que no son fechas, que por más que le guste a mi madre un puchero, ella nunca lo come si no es invierno, que ella en verano es de lechugas; pero con este calor, Valme, no tiene sentido ninguno, que ya podía esperar a…

Y ahí Manuela ya calló. La certeza de que no habría más otoños se volcó sobre su espíritu como un manto helado en pleno invierno.

XLII

Ya no habría más otoños ni más inviernos. Ninguno de los inviernos de antes se parecerían en nada a los que vendrían a partir de este momento, porque no haber visto a su madre por decisión propia nada tenía que ver con esto: Manuela sabía que la sola cualidad de la elección le cambiaba el color a todo su sufrimiento. Una cosa era no haber querido verla y otra muy distinta perderla para siempre y no tenerla nunca más, ni cerca ni lejos.

No se dijeron nada y Valme no preguntó más porque no había necesidad de hacerlo. Hay momentos que no necesitan de palabras, las palabras solo encorsetan lo complejo y Valme eso lo entendió al momento. La abrazó y ayudó como supo: fue su boca y sus manos, pidió por ella los avíos y sin decir esta boca es mía la montó en el autobús de vuelta a la finca, de vuelta a su madre y a su corazón marchito.

Manuela hizo el camino cansada, con un remolino de nubes sobre su cabeza y un sol aplastante que por más aplastante que fuera no tenía fuerza para atravesar el nublazón que sobre su cabeza reposaba. Pensaba en lo corta que es la vida, en lo absurdo de las pequeñas luchas cotidianas. Y al mirarse las manos no le parecían suyas; al pensar, sus propias ideas le parecían como implantadas. «¿Pero es verdad esto —se decía—. ¿Es verdad que al final todo se acaba?».

El caserío de las Medina la recibió con expresión calmada. Notó la pureza de agosto sobre los muros como una gran sábana blanca, y la consolaron el verde de los olivos, el mosaico del patio, el grosor de los muros, la humedad como de cueva que proferían los techos altos. El paisaje estable, la seguridad de lo que al final permanece: el calor de agosto, su apellido, el albero bajo sus zapatos.

Esperó a que el ardor del campo amainase antes de volver a cruzarlo y sin querer elaborar más lo que en su mente rondaba, siguiendo un impulso sordo, fue en busca de su madre para proponerle algo.

—Mamá —dijo Manuela desde la puerta y sin abrirla del todo. La barriga llena, la mente enredada, el ánimo desarmado—. Mamá, escucha, que he pedido un coche para llevarte a un lugar al que ya te tenía que haber llevado mucho antes.

—¿Qué lugar, Manuela? —La voz de Dolores era un hilo.

A pesar de la resistencia del orgullo, la hija ayudó a su madre a vestirse para salir del caserío por un rato. Preguntó muchas veces sin obtener respuesta, se quejó como pudo, pero en ningún momento se negó a ser vestida ni a salir de casa con Manuela. Dolores tampoco quería pensar llegado este caso: darle vueltas a lo que venía no hubiera cambiado nada como nada cambiaría negarse a la ayuda, por ajeno que le resultase el concepto y por incómodo que les hiciese el trato. Y es que si Manuela nunca pidió ayuda fue porque Dolores así se lo había enseñado. Tendría una que estar muriéndose para dejarse echar una mano.

Al salir madre e hija de la casa el coche ya las estaba esperando. Era un coche sobrio —un techo, cuatro ruedas—, sin aire acondicionado. Allí nada se celebraba. Llevaron las ventanas abiertas por todo el trayecto, con el rabillo del conductor pegado al asiento de atrás y una música desentonada saliendo del viejo altavoz del lado. Mirad que si os ponéis malas os llevo al hospital corriendo, ¿estáis seguras de que estáis para esto? ¿Esta señora está bien, dice usted? Tiene mal color, veremos si no se nos va a desmayar y nos buscamos un problema, ¿me escucha? Tire, caballero, tire, usted tire, que mi madre puede con todo y más con esto. Dolores entonces lo callaba con la mano como espantando moscas, que abriese más las ventanillas y callase un rato, le decía, que aquel coche del demonio la iba a matar, pero que por Dios que callase que no quería escuchar más tonterías, que hacía demasiado calor para escuchar tonterías; y acercaba la frente sudorosa para que le diese el aire que caía en lenguas de fuego, y parecía que medio sonreía ante aquello.

Llegaron al cortijo de Cuarto y pidieron al conductor que esperara fuera hasta que acabasen de hacer lo que habían venido a hacer, y eso que ninguna sabía muy bien qué hacer llegado este momento. Al salir del coche, un viento caliente levantó arenilla bajo sus pies cosquilleando sus dedos descalzos. Emocionadas, se dieron cierto espacio para dejarse llevar por sus sentimientos; intimidad para encogerse cada una en lo suyo sin incomodarse en su vergüenza, sin dejarse ver más de lo necesario. Encontraron la reja abierta, cruzó primero la hija y después la madre, las dos en silencio.

En este momento, se miraron.

—No va a estar aquí mi Virgen.

—No va a estar, no —contestó Manuela.

—Hasta el tercer domingo de octubre en la romería de Valme. Pero claro, que octubre está muy lejos…

—Pues como si estuviera, mamá. Esta es su capilla y aquí está Ella siempre, y no hace falta esperar a octubre, que es verdad que octubre está muy lejos y ella agradece las visitas aunque…

Y nadie dijo más porque qué más hacía falta decir, si la muerte ya no era una amenaza como lo es siempre, sino un punto y final sin más retorno: claro y brillante en el cielo de agosto; la muerte era un umbral al final del camino, ya no era solo una puerta, era un portazo.

Una vez dentro debió ser aquel frío que trajo la falta de luz el que le calmó los nervios, o quizá fue algo mucho más poderoso.

—¿Por qué pides, madre?

Y Dolores, que no era de decir mucho, no era de expresar cariños no solo porque no quisiera, sino porque tampoco nadie la había enseñado, solo dijo lo que sigue:

—Por mi nieta, que no me tendrá a su lado.

Eso dijo. Solo eso.

Se sentaron, no se miraron, no cruzaron media palabra más; y sin pedirse perdón, lloraron, expiaron sus pecados en silencio, la una al lado de la otra sin saber ni por dónde empezar a decirse tanto como había que decirse ahora que sabían que ya no había tiempo, y cuando lo hubieron llorado todo porque ya no quedaba más que llorar y salieron de nuevo, se dieron cuenta de algo: que este dolor que llevaban no era el mismo con el que habían entrado hacía un momento, era un dolor limpio y sin lucha, era un dolor como un río que salta sobre las piedras y se dirige hacia el final de su recorrido a través de la corriente y fluyendo, sin pelear a cada etapa de su camino, sin tratar de desviar lo que solo el agua moldea a cada golpe del viento. Un dolor calmado que libera de la muerte en vida. La certeza de asumir que ya no habría más inviernos.

XLIII

Manuela despertó al siguiente día solo para darse cuenta de que aún seguía en dulce espera, aunque ya dulce poco estaba siendo; por más que se lo hubiera pedido el día anterior a su

Virgen, mira que ya estoy que reviento, Virgencita mándame fuerzas o una tregua, que ya no puedo con mi cuerpo.

Se retiró a su cama, le pareció que tenía la barriga más dura y su madre se la palpó bien para concluir que no, que aún no estaba, que no tenía cara de parto y que se calmase que ya llegaría el momento; que de nada le serviría desesperarse porque de nunca desesperarse había acelerado el proceso. Y Manuela pensó que habría de trabajar la paciencia aquellos días, de modo que se acostó en su cama y allí esperó y esperó tratando de ser paciente, para acabar por amanecer el siguiente día de la misma guisa: en aquella espera medio dulce y medio amarga, recostada de un lado y sintiéndose a cada minuto más pesada, más vencida.

Y decir que se despertó en la mañana implicaría asumir que en algún momento durmió del todo, y nada más lejos de eso, pero diremos que se despertó para que nos entendamos y que al despertarse pensó en esto: «Avisaré a la prima para que hoy estemos con mamá, le diré que hagamos algo especial hoy las dos a su lado, que ya a estas alturas especial debe ser cada momento por poco que sea lo que al final hagamos; que lo difícil se ha vuelto fácil estos días y mamá agradecerá este ratito juntas más que ninguna otra cosa, un ratito de sencillez con sus niñas cerca sin más historias ni más batalla, solas las tres Medina mano a mano».

En su camino al desayuno paró a despertar a prima Estrella. Entró en la habitación y descorrió la cortina con mimo, que la prima era dormilona y le costaba despertar pronto. Se sentó en su cama, la prima se echó a un lado, le puso la mano en la frente para acariciársela como haría con un cachorrillo y algo así le dijo: «He pensado en que deberíamos hacer algo las tres juntas mientras podamos. —Estrella gruñó adormilada y dijo después que no, que ni madre ni ella iban a estar para nada, a lo que Manuela replicó—: Sí que puede. No hablo de bailar rumbas, Estrellita, pero algo especial, algo que a ella le pudiese hacer ilusión. Dime tú que has estado más con ella, piensa en algo, que a mí no se me ocurre nada —y antes de acabar esta frase, Estrellita, que era de despertar lento, pero de ánimo brioso y de ilusionar fácil, saltó de la cama para poner en pie lo que había pensado».

Dolores era un suspiro de lo que había sido y las dos niñas que la miraban desde la puerta pronto dejarían de serlo. Que qué queréis, hijas, que hoy yo no puedo, que mirad qué pelos tengo, que no quiero estar con esta pinta ni siquiera en mi cocina, que parezco un espantapájaros, que por favor me dejéis durmiendo que eso es todo lo que quiero hacer ya, estar durmiendo. Mamá que es solo hasta la cocina, ni a la cocina, decía, ni a la esquina de este cuarto llego. Después de un rato trabajándosela para convencerla de que a nadie se cruzaría en el pasillo, de que solo les llevaría un rato y que a nadie tendría que decir hola ni toparse ni por un momento, accedió a que la vistieran con el pijama nuevo y le arreglaran las greñas en un moño alto. Ves, le decía Estrellita, si al final tanto rechistar te sirve de poco, mejor es dejarse querer y cuidar un poquito, que no hay que ser tan orgullosa, Dolores, le decía la prima medio en broma, medio en serio; y a Dolores que oír su nombre casi que le hacía gracia, porque humor no le había faltado nunca, a pesar de que no siempre hubiera sabido usarlo en su provecho, como para acercarse a su hija Manuelita, que ya casi Manuela, porque ya a ella le quedaba lo que fuese a durar el final de este cuento.

—Verás, mamá —dijo Manuela ya en la cocina y atándose el delantal como podía en la línea que quedaba entre lo que fue su cintura y su pecho—, esta niña viene al mundo y yo a estas alturas no sé preparar puchero como Dolores Medina. No querrás que tu nieta nazca y no pruebe…

—Bueno, bueno, que Elvira y Estefanía tienen la receta y ya son muchos años sin que yo le prepare a nadie un puchero.

—Pues hoy es buen día —Estrella se había sentado junto a Dolores en la mesita de la cocina y le tenía la mano en la rodilla, aún resistiendo a perder el bastón que por tanto había sido su madre—, que por mucho que queramos a Elvira el toque de mi madre no lo tiene nadie.

Dolores, orgullosa como era y más con aquel cumplido, decidió quedarse. Que del estómago al corazón siempre ha habido poco y siempre más por la cuchara que por el tenedor. Así que Dolores podría resistir muchas cosas, pero de ninguna manera el placer de dar a sus hijas la receta del puchero de toda la vida de su madre, que una vez fue de su abuela, y antes de eso de la madre de esta, y así sucesivamente hasta muy arriba en la cadena.

—Pero yo no estoy para estar de pie —concluyó—, así que Estrella, corre a por papel que no quieres perder detalle; y tú, Manuela, no te arrimes tanto a los fogones, hija, que con esa barriga tan grande vas a acabar quemándote.

Estrella guiñó un ojo a su prima, con la que la complicidad había crecido ahora que ellas dos eran todo lo que ellas dos tenían —solo la soledad une más que la sangre—, y se apresuró a volver pronto a la cocina.

Cuando volvió, un clavo tan dulce como triste se le astilló a la altura del alma:

—Así que ayer noche hasta los garbanzos en agua caliente pusisteis, esto no se os ha ocurrido en un rato, que mira que aún me queda, ¿eh, hijas? Que no me tratéis como si me fuera a ir en cualquier momento que no tengo intención de irme hasta que le vea la cara a mi niña chica. —Y allí nadie sonreía—. ¿Entendido?

—No es eso, mamá; los traje ayer y los puso Elvira.

—Ya vengo —interrumpió entonces Estrella.

—Pues apunta, Estrella; tú apunta ahí, hija. Lo primero es que le eches al agua todos los huesos salados, los trozos de ternera y pollo, y un buen pedazo de tocino fresco. Tendrás que espumarlo a cada poco, pero a mí verte tan cerca del fuego me da yo no sé qué, hija, que sí, que ya sé que tú puedes, pero estás para verte ahí, tan grande, qué cuadro, Manuelita, qué barriga tienes ya, mi niña.

Mi niña, pensaba Manuela, y al fin, mi niña.

—Venga, mamá —dijo al poco—, que yo me apaño, tú me dices cómo sigo que las carnes ya las noto medio tiernas.

—Pues ahora todas las verduritas: tú sacas las carnes y guardas algo de caldo para liar croquetas, y le echas puerros, patatas, zanahorias y un buen puñado de acelgas.

—Pero cuánto, mamá, dime exactamente cuánto que quiero poder replicar exactamente tu receta; que no quiero que sepa distinta, que quiero hacerlo todo igualito a como lo haces tú.

—Pues a ojo, Manuela.

—Yo a ojo no sé, mamá —dijo, aunque en boca de la dos, Estrella.

—Pues tendréis que confiar en vuestro instinto, hijas, yo la aprendí de mi madre y mi madre de mi abuela, y el sabor se ha mantenido por generaciones siendo el mismo: tendréis que confiar en que cuando yo me vaya sabréis replicar esta receta, ¿me escucháis? A base de hacerla una y otra vez, a base de repetirla. Tendréis que confiar en vuestro instinto. Tendréis que ser capaces de seguir haciendo todo como se ha hecho siempre, hijas.

XLIV

Allí nadie lloraba porque llorar no hubiera cambiado el curso de los acontecimientos. Los últimos días de Dolores Medina fueron como ella dictó que fueran, porque en la finca hasta que ella se fue nada se hizo de manera diferente a como ella había dictado, y es que cualquiera hubiera contradicho a Dolores, ni siquiera ahora que contradecirla ya nada hubiera cambiado.

Aquella receta del puchero la quería Manuela para su niña pequeña y pensó que, por más que dijera madre, ella nunca sería capaz de cocinarla como Dolores lo hacía, que aquella pizquita y aquel trocito de esto y lo otro que habría de basarse en instinto marcaría una diferencia fatal entre el puchero de su madre y el suyo propio, pero por más que trató de hacérselo entender, no pudo luchar contra el argumento de su madre. Y es que Manuela no quiso discutir ni esto ni nada más porque en el fondo sabía que no sería aquel sabor lo único que se llevara su Dolores cuando ya pronto se fuera, pero igual era el calor o quizá los últimos coletazos del final de aquellos meses tan largos, o que ya no podía más con aquella barriga o la ilusión que a pesar del final le traía el comienzo, que de alguna forma lo había aceptado sin penas ni batallas, no podría decirse sin dolor, pero desde luego sin más resistencia que la mínima, ni siquiera la lógica en aquel momento. Entendía que aquellas últimas croquetas que las tres habían liado sobre la antigua mesa de la cocina llegarían a ser mucho más que eso con el tiempo y si hubiera podido pararlo todo justo ahí, de buena gana lo hubiera hecho, se hubiera salido del cuento para fotografiarlo todo justo como estaba ocurriendo: las manos de las tres envueltas en aquella masa elástica y tibia, las risas de Estrella que desafiaban a la muerte y a la enfermedad y a la dureza de cualquier ánimo; las riñas de Dolores por las equivocaciones en el orden del pan rallado y de la harina.

Cada noche en esos días, Manuela acudió a la alcoba de Dolores para que le tocase el vientre con las dos manos, y siempre se encontró con lo mismo por más gracia que le hiciese a Estrella oírlas, que esta barriga aún está muy arriba, que mira que ni tienes aún cara de parto —la nariz ensanchada, los labios colorados—. Manuela había dejado de desesperarse porque algo, entre otras muchas cosas que con el pasar de los años descubriría, había aprendido a estas alturas de su madre y de ese apellido que comenzaba a ondear como una bandera sobre su propio tejado: una Medina no se quejaba por quejarse, una Medina aguantaba un embarazo, un parto y hasta la muerte sin rechistar ni quejarse, porque llegado el caso ni la muerte misma habría de asustarle.

Fue la mismísima Dolores la que un día mandó llamar a Juana, a sabiendas de que no serían muchos días los que habían de quedarle. Las niñas no se hacían a esas despedidas ni a aquel tono de final de historia, pero aquello les servía para masticar y no atragantarse antes de esa muerte que ya asumían que sería un portazo. Manuela accedió, se calzó las sandalias y cogió el camino hasta la reja de la vecina para invitarla a la casa.

Juana la recibió con nervios. Que me tenías que haber avisado, mi niña, que mira cómo tengo la casa, que está todo ahí desperdigado, manga por hombro, que si hubiera sabido te hubiera hecho tus magdalenas preferidas, que si quieres pasar que dentro corre corriente porque tengo abierta la ventana del fondo del salón y se está en la gloria, que por eso no salgo nunca estos días, es que mira que está haciendo calor, nada más que por eso no salgo, aunque mírate a ti la barriga, más lo estarás tú sufriendo, pienso yo, qué hermosa que estás ya, mi niña, cuánto has crecido en estas semanas, ya debes de estar a punto. Manuela fue concisa: «Mi madre quiere hablarte, Juana. No, no es nada, no te apures; pero no vayas a demorarte, ya no está como la última vez que la viste, y hazte a la idea porque al verla podrías llevarte una impresión, ¿entiendes lo que te digo? Que ya no está para mucho, Juana, eso quiero decir, ya lo entenderás cuando la veas tú con tus propios ojos».

Fue en el camino de vuelta que Juana trató de hablar con Manuela sobre todo lo que si no decía le iba a explotar en el pecho.

—Que yo no quiero que pienses que he intentado sembrar malas semillas en ningún momento, mi niña, que si yo te dije aquello que no te dije al final fue porque te cuidases y por protegerte, siempre por protegerte, nunca por hacer el mal en tu familia, que tu familia es la mía y eso tú lo sabes porque yo se lo he dicho a Dolores muchas veces. —Manuela no quería entrar porque de ciertas cosas una mujer de bien debe estar siempre por encima, pero Juana insistía en apretarle las tuercas al asunto sin imaginar que Manuela acabaría por responderle lo que acabó por responderle—. Yo solo te mencioné lo que todo el pueblo sabía, mi niña: que tu madre y que don Álvaro.

—No sigas, Juana, ya te aviso yo que no ocurrió así como la gente piensa: hablé con mi madre y ella se prestó en aclararlo todo punto por punto, y lo creas o no aquella historia de traiciones y celos no son más que habladurías —mintió y no le tembló la voz ni un poquito.

—Pues habladurías serían, que no digo yo que no lo fueran, pero que lo que vi yo con mis ojos te digo que…

—Mírame, Juana. —Manuela alzó los hombros tanto que su sombra fue tan alta como la del olivo más alto de toda la finca—. Tú no viste nada; aquí nada ha pasado. Entrarás a ver a mi madre porque solo Dios sabe por qué, pero el caso es que ella te ha llamado; te comportarás con ella y conmigo y ni una palabra dirás de esto que hemos hablado: ni a mi madre ni a Estrella ni a nadie más en tu vida. Lo pasado, pasado.

—Ay, mi niña, yo nunca quise disgustarte por nada, eso quiero dejártelo claro.

—Respetarás a mi familia, Juana, la respetarás como se merece o al final te quedarás a un lado.

La despidió en la habitación de la madre y esta le pidió que las dejaran a las dos solas un rato, rato en el que Manuela pensó en lo difícil que era lo que justo un momento atrás había hecho, en el cambio que por dentro y sin pensarlo se había fraguado en ella en aquel tiempo: su casta, su apellido y su sangre estarían desde entonces por encima de cualquier comentario malicioso, de cualquier treta o contratiempo. Por su familia se enfrentaría a monstruos medianos y grandes, mentiría cuando hiciese falta y dibujaría líneas infranqueables, muros hasta el cielo. Todo eso que nunca pensó que haría lo hizo ella aquel día, y bien orgullosa que se sintió de haber puesto la estabilidad de su apellido por encima de cualquier truculencia, fuera esta verdad o mentira.

—Tu madre quiere que entres —solo eso le dijo.

Juana salió de la habitación serena, besó en la mejilla a Manuela sin mirarla a los ojos y volvió por donde había venido.

—Manuela, hija, siéntate que te quiero decir algo —ya la voz se le rompía en las palabras importantes—. Juana te quiere mucho, hija.

—Y yo a ella, mamá, pero…

—Cuando yo me vaya, tendréis que dejar que ella os ayude.

—Pero ella no es como nosotras.

—Tú eres más lista, hija, siempre lo has sido; no quieras cometer los errores que tu madre ha cometido.

Manuela escuchó aquello. Se le rompió un cristal por dentro.

—Es tarde ya para eso.

—¿Para qué es tarde, Manuelita? Si mírate la barriga, para qué va a ser tarde, si no estás más que al comienzo. —Manuela se arrimó un poco más a ella y se dejó acariciar la mano—. Juana solo quiere cariño y yo cariño nunca le he dado. A ella le debo yo mucho, hija, que cuando yo no estaba para nada, y tú sabes que yo no lo estaba, ella siempre me echaba una mano, y ni una vez le había dado las gracias por eso, ¿me entiendes? Tú no seas como yo, hazme caso, haz las cosas diferentes a como yo las he hecho o acabarás en una cama y con un puñado de remordimientos pesados por haberlos acumulado durante demasiado tiempo.

—Ya te lo he dicho, mamá, es que no me escuchas lo que te digo: que ya es tarde para eso.

XLV

Fueron los sollozos de Estrella los que en la mañana del día siguiente sacaron a Manuela de su cuarto. Durmió poco como venía siendo costumbre; tenía los dedos engrandecidos, los tobillos inflados; ya al salir de la cama iba sudando.

Presionó la puerta con cuidado y, con la respiración pesada que a cada sitio la acompañaba aquellos días, tomó asiento a su lado. Estrella, que sería por siempre su hermanita chica, apoyó la mejilla en la parte alta del vientre de Manuela y dejó que las lágrimas le cayesen para bañarle todo el rostro.

—Te he puesto perdida, mira cómo tienes de mojada la barriga.

—A tu sobrina le gusta tenerte cerca y es una niña fuerte; no le molestan las lágrimas ni las penas, no va a ser miedica.

—Será más fuerte que su tía.

—Sabes que no quise decir eso.

—Pero lo será, ¿verdad, prima? Seguro que saldrá a su madre: será como Manuela Medina.

—Saldrá a su madre, desde luego, que es como su abuela y como su tía —repuso orgullosa—; esta niña viene con un pan debajo del brazo y nos va a traer mucha alegría, ya vas a verlo, Estrellita.

—Escucharte me da paz, prima. No sé cómo haces para seguir tan fuerte, para tener esa actitud recia ante esto en lo que se nos ha convertido la vida. Yo es verla así con esa carita tan malita, con las piernas tan escuálidas, con el olor a enferma que se ha pegado a las paredes de la casa, a las cortinas, a las sábanas, a todo, Manuela, a todo se ha pegado este olor a vieja. Y cuando voy a verla me trato de aguantar la pena para que ella no lo vea —decía Estrellita entre hipidos y llantos—, pero es venirme a mi alcoba y ya aquí de veras que no puedo, que es que sé que la pierdo, que la perdemos, prima, y ya nunca más vamos a volver a verla, y entonces se me va de momento el suelo, se me desaparece todo y me encuentro de bruces con el dolor desgarrador de la ausencia.

Manuela conservaba la serenidad que solo Dios sabía por qué la había acompañado en cada minuto de los últimos días. Ya había dejado de preguntarse cuándo vendría su niña, cuánto le quedaría a Dolores o si habría tiempo para que abuela y nieta se reuniesen, porque en el fondo Manuela lo sabía. Ella siempre fue vieja como ya al nacer le dijo Juana, y sin saber cómo, todo lo sabía: sabía que el final y el principio eran la misma puerta, que en el mismo espacio convergían la entrada y la salida y que del todo infructuosos resultarían los intentos de controlar cuándo cerrarla o cuándo abrirla.

Le pidió que la acompañara a su habitación y allí le enseñó todo lo que había hecho con aquel espacio en espera de su niña. La pequeña cunita que Estefanía sacó del cobertizo y que con unas nuevas fundas había preparado como un pajarito hace con su nido durante aquellos días, que sin saber cómo había encontrado la fuerza y los ánimos para preparar en medio de la tempestad de la pérdida; allí, en la esquina, la cómoda con todos los batones que su prima le había bordado, al otro lado una bolsita con gasas y con cuatro tonterías; esto y nada más necesitaba. Todo lo que su niña de veras necesitase se lo podrían dar su madre y su tía, y Manuela de alguna forma esto lo tenía cada vez más claro: a pesar de lo que iba y lo que venía, ellas no necesitarían más, y eso le daba paz. Simplemente lo sabía.

Manuela corrió parte de las cortinas para guardar un poquito de la sombra del cuarto, miró de reojo el blanco del cielo, un blanco aún modesto, pero aun así cada vez más blanco, se secó el sudor de la frente con un pañuelo y se sentó en la mecedora que había colocado al lado de la cuna para tomar un descanso justo donde daba el fresco.

—De niñas —dijo Manuela mientras Estrella se retiraba los charcos bajo los ojos— madre solía sentarnos a las dos juntas frente a las ascuas de la chimenea en invierno, ¿lo recuerdas, prima? —La prima recordaba—. Allí tiraba unas castañas al fuego, que las dos atizábamos impacientes a la espera de que el momento de abrirlas llegase. Yo siempre esperaba sin perderlas de vista y tú siempre querías abrirlas antes de que estuviesen hechas; y ni yo he cambiado mi naturaleza ni tú lo has hecho, y es que hay cosas que no admiten cambios, ¿verdad que sí? —Verdad, verdad—. Mamá mientras nos contaba historias de nuestras antepasadas Medina y nos enseñaba fotografías. Que si la tía abuela aquella que eructó justo antes de morir y que por la vergüenza de que la hubieran visto, murió entre risas, ¿la recuerdas? —Sí, recordaba: por fin una sonrisa—. La tatarabuela Enriqueta, a la que horas antes de su muerte vieron bailar hasta tarde cuando había dicho que se iba a rezar el rosario, pero de rezar nada, murió con los zapatos de baile y así mismo quisieron sepultarla. La que murió de repente siendo muy jovencita; la que cumplió los cien y aún te recitaba el abecedario de atrás para adelante. La que tuvo catorce y todas ellas niñas. La que emigró a una tierra lejana y solo volvió para morir el mismo día de su vuelta aquí en la finca. La que se mató galopando a ras del campo; o la primera de todas, la que compró esta finca. Todas compartían historia: las cortinas abiertas, los cirios encendidos, el cielo blanco. Eso y algo más, Estrellita: cuando una venía en esta habitación justa, la otra se iba en la habitación contigua. Me he acordado mucho de aquellas historias estos días: no hay mucho espacio en este mundo para las Medina.

Estrella se enderezó y sonrió con dificultad, como lo hace un rayo de sol en medio de la espesura de unas nubes negras.

—¿Ella fue feliz, Manuela?

—¿Y a mí me lo preguntas, prima? Tú no la abandonaste nunca.

—Pero tú la conociste más.

—Fue orgullosa y comprometida.

—Ya hablamos como si no estuviera —se reprochó Estrella—. Ojalá lo hubiera hecho mejor con ella, ojalá pudiéramos tenerla un poco más. Ojalá le dé tiempo a llegar al nacimiento de mi sobrina; ojalá, ojalá…

Y mientras Estrella lloraba y rogaba al cielo, Manuela pensó por dentro que solo la aceptación la había liberado a ella de tanta plegaria: aceptar que mamá se moría, que no fue perfecta y no pudo evitarlo; aceptar que cada vez se parecían las dos más pese a tanta lucha por separarse de ella durante toda una vida; para acabar por aceptar que por más que quisiese nunca sería capaz de superar la más grande de las angustias: la brutalidad de la pérdida de su madre, que fue buena y mala a partes iguales, amiga y enemiga, hogar y campo de batalla dependiendo del período del pasado al que Manuela mirase; pero por encima de todas las cosas fue su madre, y aquel darse cuenta de lo que era inevitable la había inundado de paz aquellos días: que no podía remar contra el dolor, porque era justo así como alimentaba al miedo; que la pérdida de una madre le daría un color diferente al resto de su vida, a los abrazos, a las mañanas, a los inviernos; que no había preparación posible para lo que les venía; que aquel hueco estaría vacío por siempre y que nunca, jamás de los jamases, nadie lo rellenaría.

XLVI

Zumbaban las chicharras, una vez caído el sol del día, cuando la madre sentó a sus dos niñas a los pies de su lecho. Las cortinas, como grandes estatuas griegas, que hasta bien entrado el otoño no recuperarían su zigzagueo al baile del viento, reposaban corridas estratégicamente para almacenar la sombra del cuarto sobre lo poco que ya ocupaba la cama de lo que había sido Dolores Medina.

Sobre la expresión consternada de esta, una línea de luz cruzaba como una flecha de la frente al mentón, haciendo brillar la fría humedad de su piel pegada, y sobre el rostro millones de pequeñas partículas del polvo de la habitación elevándose a través del haz de luz, como una cascada hacia arriba.

La conversación que allí tuvo lugar no se ha reproducido de forma precisa, porque nadie más que Manuela, Estrella y Dolores podrían desvelar con exactitud lo que sucedió aquel día, pero se sabe que la madre, más acabada de lo que la habían visto nunca antes, sintió a la muerte llegar a caballo al caserío, porque la madre decía que había oído cascos sobre el mosaico y que no podía haber sido otra cosa que eso, y en un impulso por poner orden en lo que nadie más pondría, hizo llamar a sus hijas para aclarar todo lo que era importante aclarar antes de que se la llevasen consigo.

Cada una enganchada a una mano, los corazones lentos, abrieron bien los ojos para no perder detalle de lo que ocurría. Mamá, espera que apunto; no, que no hay tiempo, tendrás que recordar, hija, como con el puchero, tendrás que recordar y confiar en que recordarás todo esto que te cuento. Las hijas escuchaban sin lágrimas, pero sin poner importancia en nada de lo que estaban oyendo —nada les importaba llegados a este punto, ni pensar, ni apuntar, ni recordar, total, lo más importante ya lo estaban perdiendo—. Dolores, que lo intuía, repetía lo que quería subrayar con la voz tomada, pero el efecto era el mismo: si este era el último momento con su madre, qué más daba lo demás; allí Dolores hablaba para nadie porque nadie la escuchaba.

Les contó así del cofre bajo su cama, con cuatro joyas antiguas y un par de fajos que nadie debía tocar, porque llevaban allí desde siempre y solo se guardaba para un desavío grande, y si eran previsoras como todas las mujeres Medina habían sido, ninguna falta les tendría que hacer, porque el campo les daría lo que necesitasen y más si eran capaces de escucharlo mejor de lo que la estaban escuchando a ella en ese momento. —Y entonces, las dos abrían más los ojos, pero por muy poco, y pronto devolvían la mente a ese limbo en el que ahora estaban—. Les habló del mantón de manila y de cómo, como buenas hermanas, nada necesitaría de una criba salomónica como nunca la habían necesitado las mujeres Medina, sino que allí todo se lo iban a prestar como toda la vida se había acordado que se haría. Les ordenó con firmeza que debían seguir celebrando las fiestas en la finca de las mujeres Medina, que tenían un apellido al que honrar. Trató de instruirlas en el delicado arte del festejo —preparar con paciencia la salmuera, secar la mantelería al sol para que el viento la hiciese brillar—, pero pronto se dio cuenta de que aquello sería perder el tiempo. Las hijas no querían saber ni de fiestas ni de despedidas ni de mantones, pero a la madre la voz no le temblaba en este momento, tenía un mensaje para sus hijas y no le importaba lo demás: sin saber cómo ni desde cuándo, Dolores contaba con la brutal fuerza de mil carretas y mil bueyes, Dolores volvía a ser Dolores, aun tan cerca de su final o quizá precisamente por eso.

Pese a la insistencia de Estrella en que no quería saber más, la madre continuó con su discurso. Habló entonces de las cuentas, de los debes y haberes de la finca, de las jornaleras que era mejor que finiquitasen y se quitasen de encima «Macarena y sus primas, muchos años chupando del bote ya; Estrella, hazme caso en eso, porque es darte la vuelta y zas, la puñalada trapera», también de aquellas que nunca, por nada del mundo, debían perder «Manuela, de cuando en cuando, tú invítalas a pasar; hazlas sentir en casa, que tomen contigo un almuerzo, es la mejor forma de acercar al personal, y créeme que las quieres contentas, no hay nada más importante que que se sientan en familia».

Mientras Dolores explicaba, la oscuridad se tragó el cuarto. Estrella había encendido la luz del pasillo, porque su madre había dicho que la luz de agosto le daba en las piernas como picotazos, y cuando fue a iluminar la habitación, fue Manuela la que le pidió que no lo hiciera, que dejara a la madre descansar un rato, que no había más que ver lo alterada que estaba —y esto lo decía como se dicen estas cosas, entre señas y muecas por lo bajo.

Llegó un punto en que Manuela dejó de escuchar por preservar su propio juicio, que falta iba a hacerle aquellos días, y a sabiendas de que con la cabeza ida no podría enfrentar lo que vendría, hizo lo que una hace cuando se queda sin alternativas. De modo que, sujetándose aquella barriga de campeonato, se postró sobre sus diminutas rodillas, y fue entonces que cuentan que, ajena a lo de afuera y ya con los ojos muy adentro, juntó sus manos sobre el colchón húmedo de Dolores y dijo a sus antepasadas Medina: «Si os la vais a llevar ya, hacedlo a plena luz del día. No os la llevéis por la noche que le dará susto, que a la muerte ya decía la abuela que había que a enfrentarla a plena luz y de cara lavada, que no se la lleve esta negrura tan honda, que no encontrará el camino a vosotras y estará vagando sin rumbo, perdida; y miradla como está de endeblita, no os da pena. Tita Inma, abuela Amparo, si vais a venir a por ella, esperad a que llegue el día».

Manuela no recordaba si se durmió tras eso, si perdió la conciencia por el calor, la falta de luz, la intensidad de los rezos o la voz de la madre, que sonaba como lo hace una radio antigua; o si fue un milagro el que hizo que se despertaran al día siguiente las tres aún en el lecho, pero el caso es que la noche pasó como un relámpago que ilumina el campo; los sonidos de cascos que Dolores escuchaba cesaron por obra y gracia del Espíritu Santo, y la luz entró en la habitación la siguiente mañana empujando las cortinas cerradas, apurando el comienzo del día.

La mañana levantó con las mejillas de las hijas a ambos lados de la cama encogida de Dolores Medina. Manuela fue la primera en abrir los ojos, quien zamarreándole el brazo en absoluto silencio, despertó a su prima. Las tres mujeres cruzaron las miradas sin decir ni pío, se acariciaron las manos, se dieron besos, se sintieron agradecidas.

Y ya con el sol bien alto, con los muros blancos reflejando el día, el silencio de las chicharras cayó sobre el campo como un bálsamo.

XLVII

Lo único que las consiguió sacar de la habitación fue la voz de Elvira.

—Tenéis visita.

—Pues no estamos para visitas —respondió Manuela.

—Tú me dirás qué hago —se quejó Elvira.

—Salid, salid de aquí, que nada os excusa de ser agradecidas —dijo la madre—. Si alguien viene a veros, os arregláis y salís a la puerta a invitarlos a pasar adentro.

—¿Pero en estas circunstancias, mamá?

—En estas circunstancias más, hijas. Que para nadie es agradable acercarse a una casa en semejante situación. Traedme ropa, que lo voy a hacer yo misma: antes de que yo me vaya aprenderéis a comportaros como lo hace una Medina.

Dolores sorprendió a las hijas saliendo de la cama aquella mañana del 11 de agosto y sujetando con sus piernas el peso de su propia vida. Las sorprendió otra vez cuando salió ella sola bien aseada del baño, y una vez más cuando se arregló el moño, se cambió la ropa y los zapatos para atender a los invitados, dejando constancia de que en esa familia una no rechistaba ni en ese estado, una buscaba las fuerzas y las sacaba de allí donde tuviese, se armaba de valor y salía al mundo aunque eso fuese lo último que una hiciese.

Las hijas la siguieron con la impresión de quien ve caminar a un muerto sobre su propias cenizas, que muerta aún no estaría, pero hacía solo unas horas de veras les pareció que se moría, y es que en algún momento de aquella noche pasada, Dolores volvió a ser Dolores Medina: volvió la voz con cuerpo y la firmeza en los juicios, la presencia en la casa que llenaba cada habitación, cada esquina.

Ya en el recibidor y seguida muy de cerca de la mirada sospechosa de sus dos hijas, encontró a una señora que no había visto en su vida. Sentada en el sofá de la entrada, con la piel de la que ha vivido mucho y con poco, rodeada de varios críos —dos tras el paragüero armando ruido, tres sobre la estera del centro y uno sobre el regazo de su madre, la nariz llena de mocos y los cachetes cuarteados del llanto y del cansancio de un trayecto largo—, dos maletitas pequeñas de viaje, los zapatitos de todos desgastados.

Se adelantó una Manuela bien sorprendida y así introdujo a Remeditas: los niños la reconocieron al instante, y ante la estupefacción en el rostro de la madre y de Estrellita, fue la misma Remedios la que se excusó en aquella invitación por carta que le mandó Manuela hacía unos días. Nada, nada, que te preparamos rápido la habitación grande para que os pongáis cómodos los siete, que ni hablar de que es un mal momento, que para nada sois tantos, que donde caben diez, caben quince, o veintisiete, no digas tonterías, que rápido nos las apañamos —se apresuró a decir Dolores—, que la que es amiga de mi hija Manuela es amiga de la familia. Pasad, pasad. Si ella te quiere, te queremos todos.

Acompañaba Manuela a Remeditas a instalarse en su nuevo cuarto, cuando se encontró de frente a Valme y a sus niñas, que aun acabando de entrar ya traía cara de no saber lo que iba a encontrarse aquel día:

—¡Mi ojo! —dijo como si viniera desde muy lejos corriendo: la mano parcheándose un párpado, los labios medio agrietados, las entradas del pelo húmedas—. Es mi ojo, Manuela, tengo una punzada en el ojo izquierdo; he venido pisándole al coche lo más que podía para llegar a contártelo a tiempo.

Aquello, muy a pesar de Valme, quien trató sin éxito de mantener un tono discreto, llegó a oídos de todas las presentes, y aquellas que sabían lo que traía, aceptaron que se acercaba el momento, y hasta las que no supieron qué significaba, lo intuyeron, dando aquel suceso la vuelta al reloj de arena que todos llevamos dentro.

Tras esta fue Juana y tras Juana, el resto: se corrió la voz de Valme y de su ojo izquierdo, y pronto hasta las fincas vecinas tuvieron que prestar sus sillas para que toda la gente que se presentó allí pudiera tomar asiento. Allí todas sabían lo que venía y de ahí que ninguna demorara el pasar por el caserío, aunque solo fuera a dar un beso.

Se improvisaron papas fritas y aceitunas, queso para picar y manzanilla de Sanlúcar. Dolores pidió que le pusieran aguardiente estando aún levantado el día, y aquello le calentó las tripas hasta bien dentro, le dio fuerzas para tirar un poquito más durante aquel día, para seguir desde su sillón la conversación de la que a cada momento se turnaba por agarrarle las manos y darle un último beso, para escuchar las historias que le traían: las suyas propias, las de su madre, las de su abuela y de su relación con las gentes del pueblo; como cuando Dolores de muy chica se perdió y la encontraron durmiendo en la casita de Candela, quien le había puesto lentejas, porque era lunes y los lunes en casa de Candela lentejas es lo que había; o como aquella vez que Dolores se disfrazó de monaguillo con la tía Inma e hizo entrar en cólera a la abuela Amparo, que gritaba que de dónde le habían salido a ella semejantes niñas. Dolores reía cuando le daban las fuerzas, pedía a Estefanía que le rellenase el vaso cada vez que se le viesen los hielos, y por más que le ofrecían unas y otras, nada comía. Allí nadie decía adiós, porque pronunciar aquellas palabras hubiera pasado de la osadía, pero de cualquier modo se sobreentendía el tono del encuentro: al despedirse de una y otra, Dolores asentía, las demás callaban, nadie lloraba, porque llorar hubiese sido descortés e insensible, pero las lágrimas caían sin excepción cuando, una a una, las mujeres doblaban la esquina de la finca.

Cuando el sol comenzó a bajar, se llevó el sonido de sillas arrastrando y de puertas cerrando tras la espalda. Valme pidió que se la avisara cuando llegase el momento, dijo que ella sabía de eso porque la Pimentona murió en la casa y antes que esta, su abuela, y antes su tía, pero Manuela guardó silencio: en aquel estómago tan lleno no le cabían ya ni tristezas ni alegrías, fuese como fuese necesitaba que ya llegase el momento, que empezase lo que viniese tras aquello, que su niña llegase y su madre se fuese, y hasta había dejado de parecerle mal aquel pensamiento tajante, pero humano: las fuerzas le habían dado para lo que le habían dado.

Acostó a Remeditas y a los suyos, después de eso a Estrellita. Acudió entonces al cuarto de Dolores, quien desde dentro y ya tapadita, le dijo en un murmullo: «Pasa, Manuela, arrima una silla y vente un ratito aquí conmigo, que tú y yo vamos a hablar esta noche como madre e hija».

XLVIII

Manuela sabía para qué la llamaba su madre, porque ya con esta cercanía del parto y a pesar de no haber sujetado todavía a su niña en sus brazos, intuía de aquel lazo firme que todo lo sabe y todo lo entiende, incluso de aquello que no debe saber y aún menos entender nadie, porque hay cosas oscuras a las que la luz no debe darles, que deberían de ser oscuras por siempre, porque cambiarían el curso de los acontecimientos, las relaciones, la manera de entender las historias, las amistades; pero a pesar de todo tenía bien claro para lo que la reclamaba Dolores, así que Manuela arrimó un taburete a su cama, agachó la frente y esperó a que su madre pronunciara las palabras que solo podía pronunciar una madre:

—No dejes que la culpa te arruine la vida, Manuela. —Manuela no podía levantar la vista—. Mírame, ¿me escuchas?

—Pues tú me dirás cómo se perdona una lo que no puede perdonársele a nadie.

—Si yo tuviera una varita te quitaba de raíz esa culpa tonta que de nada sirve, pero también yo sé que no es tan fácil.

—Qué vergüenza me da hasta de mirarte.

—Pamplinas. —Y la poca fuerza que le quedaba a Dolores en su mano izquierda, la usó para apretar la derecha de su hija Manuela—. El que esté libre de pecado que tire la primera piedra; recuerda eso, hija, recuérdalo pase lo que pase.

Aquellas palabras resultaron ser más poderosas que la mismísima absolución de don Lorenzo.

—¿De veras lo piensas?

—De veras lo pienso.

Su hija soltó el aire y preguntó:

—Y tú por qué lo hiciste.

—Por lo mismo que tú, hija, por lo mismo por lo que todos cometemos pecados chicos y pecados grandes, sean esos los que sean el motivo es siempre el mismo: por soledad, por amor, por avaricia, por felicidad, por pena —la voz de Dolores volvía de a poco a perder la fuerza —. Porque a veces los hombres nos hacen perder la cabeza.

Manuela se revolvió en el taburete, que acercó un poco a la par que bajaba el tono.

—Ella no sabe nada.

—Que no sabe, dices.

—Si supiera no hubiera venido a verme.

—Ay, Manuela, no me seas inocentita. No todo el mundo necesita saber lo mismo, y una vez saben, no todo el mundo necesita digerir las cosas de la misma forma ni al mismo ritmo. Hay quien prefiere saber mucho y volver a todo el mundo loco y remover y remover hasta que todo es un circo. Pero hay quien es más de saber poco y de pensar poquito.

—¿Sabía tía Inma?

—Que si sabía. Sabía mucho. Sabía incluso antes de que yo supiera.

—¿Cómo es eso?

—Un día me dijo; acércate, Manuela que ya la voz no me sale fuerte y no quiero que te pierdas nada de lo que te digo, que esto que te cuento es importante y ya no me queda tiempo. — Tosió para aclararse las balsas que le acudían al pecho cuando estaba tan recostada, tosió otra vez para aclararse con esfuerzo el poquito de vida que le quedaba, pues ese poquito tenía que emplearlo con sabiduría, tenía que decirle a su niña todo lo que su niña necesitaba y nadie más le diría; Manuela le acercó el agua, le sujetó la barbilla para que entrara todo dentro con mucho cuidadito; después continuó por donde iba—. Un día me dijo: «Dolores, que yo seré mentirosa y no me creerá nadie, pero lo tuyo es peor: tanta avaricia te matará de culpa, y Álvaro nunca te querrá como me quiere a mí, y al final del día tú sabes como yo sé que no nos puede tener a las dos». ¿Sabes de lo que hablo, Manuela? —Y Manuela asintió.

—Si yo ni le quería, mamá; tú sabrás por qué lo hiciste, pero en mi caso es que no lo sé ni yo.

—Pues por lo que fuera, hija, que también la cama de una mujer adulta necesita un poco de calor. Y a veces la soledad le confunde a una al trazar la línea y no sabe qué es lo bueno y qué es lo malo y mucho menos lo peor, y ahora desde mi lecho con tan poquito que me queda las cosas se ven muy claritas, ¿me entiendes? —Manuela asentía, aunque no entendiera del todo, porque para entender del todo tendría que estar en sus mismos zapatos y ya no podían ser más diferentes los zapatos de las dos, con una que iba y la otra que venía—. Hija, tú has estado muy solita sin tu familia, sin tu madre, sin tu hermana, sin tu apellido Medina, y sea por lo que fuera e hicieses lo que hicieses ya no le importa el motivo a nadie, y claramente a Remeditas tampoco le importa lo que pasó, o si le importa le sigue pesando menos que su amistad contigo y esa decisión la tendrás tú que respetar; me tienes que escuchar en esto, Manuela, no importa lo que hiciste ni el motivo por el que lo hicieras, que la vida es larga y complicada, hija, y también muy corta y sencilla, no te pongas a darle vueltas a las cosas, hazme caso en esto, que lo que pasó, pasó.

—Tengo que hablar con Remeditas.

—No, hija, no. Que las vergüenzas de una son de una y eso no va por ti, sino por Remeditas, no le hagas más difícil lo que ya es difícil para las dos. —Otra vez la tos puñetera, las balsas que le subían por la garganta, el renqueo que le rompía el pecho al tratar de recuperar la voz—. Ella no necesita saber como no lo necesitó Estrella, ¿tú me escuchas, hija?

—¿Y mentirles a las dos?

—Mentir implica que el otro no sabe lo que se oculta, que no es el caso, ya te lo digo yo. Pero hay cosas de las que una no habla en una familia, porque una lava solita los trapos sucios, y lo importante es que estéis la una para la otra, que estéis siempre juntitas las dos. Que cuando a una le duela aquí, sea la otra la que le dé cariño; que cuando os hagáis viejecitas a ninguna le falte amor. Dime que cuando yo me vaya tú cuidarás del apellido Medina, hija. Dime que puedo irme tranquila, que te quedarás tú a cargo, que le darás a Estrellita el cariño que ya no puedo darle yo.

A Manuela se le hizo un puño el corazón.

—Duérmete, mamá, duérmete y vete tranquila. Olvídate de los líos de los vivos, que estoy preparada para lo que venga. Descansa, mamá, vete tranquila —repitió mientras Dolores cerraba los ojos—; hazme caso ahora y descansa, que de esto ya me encargo yo.

—Hasta mañana si Dios quiere, mi niña.

Y esa fue la última frase que Dolores pronunció.

XLIX

Contaron que al gran charco bajo su cama, le siguió una contracción igual de grande. Manuela, que dijeron que superó las cuarenta semanas con creces solo para poder despedir a su madre con calma y esperar a que esta se fuese, que como no podía ser menos por ser Medina, aguantó aquel embarazo larguísimo con estoicidad y sin quejarse y sin mirarse más de la cuenta, porque eso no es lo que su madre hubiera esperado que hiciese, ni su abuela, ni la abuela de esta, y que llegó a término aquella mañana del 12 de agosto de un año cualquiera acabado en nueve. Y lo hizo en su camita del cuarto de al lado de la despensa, la misma camita que la vio nacer, esa misma en la que Dolores dio a luz cuarenta años antes, con el mismo miedo y con la misma fuerza, poco después de entrado el mediodía, estando el campo en silencio y las ventanas bien abiertas.

Pero antes de contar cómo acabó y cómo empezó la historia de las mujeres de la familia Medina, es preciso que detallemos lo que aconteció en la finca aquel día.

La noche anterior a la mañana del 12, aún sin saber si el cielo amanecería blanco, tan blanco como al final amaneció, Manuela ya sabía que había llegado el momento en que su madre se iría para dejarle paso a su hija, que ya estaba asumido y requeteasumido que, por ser las dos Medina, no cabrían en este mundo las dos, y una habría de irse para dejarle paso a la que venía.

El primer signo del inminente parto le vino de la mano de los fantasmas que vinieron a visitar aquella noche la finca, y que fue Remeditas la que se lo dijo: «Me ha parecido escuchar algo al tocar el reloj del salón las diez; como un ruido de risas y de pasos, y al venir a ver me he encontrado con que no había nadie, así que me he vuelto a la cama otra vez». Manuela asintió porque supo lo que estaba pasando, la mandó de vuelta a dormir y rezó desde su cama porque sus antepasadas Medina le iluminasen el sendero al siguiente paso.

Se dijo que cuando Manuela vio a su hermana colgar las sábanas en el cordel tirante y a estas ondear bajo el cielo blanco al despuntar el día, cuando vio las sábanas curvarse como la vela de un barco, perder el cuerpo y recuperarlo con la poca brisa que corría en agosto, la bolsa se le rompió a Manuela de golpe como tratándose de un enorme globo: notó cómo le hervía de una vez toda el agua que en estos meses con paciencia había guardado cazo a cazo, y notó a la vez alivio y susto, pero tras aquellos meses, alivio y susto le parecía que casaban bien, tan bien como la alegría y el llanto. De haber gritado Manuela, Estrella habría corrido a su lado, pero allí gritar no gritaba nadie, así que con calma recorrió el pasillo regando a su paso las losetas de barro, llegó con paso torpe hasta la cocina, mandó llamar a Estrella y a la vecina Juana, pidió que viniera Valme, también Remeditas, quien sabía mucho de partos, que acudiera Elvira que era más vieja y que Estefanía se encargara de cuidar de los niños que, ajenos a todo, seguían por allí jugando; que se arremangasen todas y llamasen a la doctora Milagros, pero las avisó haciendo acopio de toda la calma que podía de que no habría tiempo de esperarla, porque aquello le venía rápido, que tendrían que ser mujeres valientes aquel día como lo habían sido siempre al mando de Dolores Medina, como lo serían después toda la vida a su mando.

Contaron que Estrella, de un grito que saltó la tapia del patio, alcanzó a Juana que andaba aquella mañana arreglando matas de espinacas y recogiendo un poquito de romero del campo, y que esta no tardó ni un momentito en cruzar aquel zaguán oscuro con un cargamento de nardos. Entró en la habitación de Dolores, quien ya tenía los ojitos cerrados, porque ya veía mitad del mundo de los vivos y mitad del de los muertos, y allí encendió los cirios rojos sobre las estampas desgastadas de todos los santos. Se enganchó el rosario entre los deditos viejos, y dicen que rezó una mañana entera con un ojo en aquella habitación y el otro en la cama de la habitación al lado. Señor, ten piedad, decía. Cristo, óyenos. Cristo, escúchanos, y el Señor las escuchaba como siempre las había escuchado; y en la habitación contigua, Estrella y Valme le limpiaban a Manuela el sudor de la frente y le decían que no se preocupase, que su niña conocía bien el camino, que una Medina no necesitaba más que el calor de las demás mujeres para venir al mundo y que a ella no le iban a faltar brazos; Remeditas entonces le decía lo bien que lo estaba haciendo todo, que parecía que hubiese nacido para aquello, y Manuela no hablaba ni abría los ojos, nada más que respiraba y le decía cosas a su niña sin llegar a separar los labios.

Contaron también que las cortinas de los grandes ventanales de las dos habitaciones, la de la madre y la hija, estaban abiertas para recibir a la muerte y a la vida, pues era de frente como esta familia siempre enfrentaba todo lo que venía. Que en la habitación de Dolores bailaban las llamas de los cirios sobre la cera caliente al ritmo de las letanías; que en la habitación de Manuela todo era un entrar y salir de gente, de manitas agarradas, de expectación y de algunas sonrisas, que la hermana y las dos amigas no se separaron de aquella cama, que solo Estrella iba y venía para despedir a su madre y recibir a su sobrina, y que a pesar de la pena se mantuvo estoica, porque aceptó que con su hermana allí ya nada les faltaría.

Dijeron que aquel muro entre las dos habitaciones no tendría ya nunca la potencia de separarlas a las dos, que no habría tierra ni cal ni elemento que dispusiese de lo que hacía falta para interponerse entre la madre y la hija, que ni la muerte misma separaría lo que había unido Dios, y que así las dos, con los ojitos cerrados y las bocas de la misma guisa, lo sabían, y aquello les daba paz para enfrentar lo que se avecinaba, aquella fuerza titánica les daba las respuestas para todas las siguientes preguntas, les ajustaba la brújula para hacer cada una su camino de ida y vuelta, el de bajada y el de subida.

Contó después Valme, pues fue quien primero vio a la niña asomar mientras la doctora Milagros recorría el camino de albero de la finca, que Manuela llamó a su niña por su nombre en una súplica al pedirle que le ayudara con aquel último empujón, y que al escuchar aquel nombre a todas se les sobrecogió el espíritu, a todas menos a su hermana pequeña, que al escuchar «Dolores» simplemente lo entendió, entendió que aunque una iba, ya la otra venía, que aquel ciclo acababa de la misma manera que empezó, que a partir de ahora «Dolores» sería motivo de pena y de alegría, como lo era la vida misma siempre, blanca como aquel cielo y negra como el caballo que ahora en Manuela dormía, y que aquel nombre y aquel bebé fue el regalo que antes de separarse se hicieron la madre y la hija, y que en ella convivirían por siempre las dos. Y que fue entonces, justo al llamarla por su nombre y pedirle que la ayudara aquel día, que ya la niña nació.

Dijeron que cuando la niña nació no se oyó ningún quejido. Tampoco de la abuela al irse, justo a la misma hora en la habitación contigua. Solo las campanas de la iglesia de Santa María Magdalena, con un repiqueteo de vida y muerte, se atrevieron a desafiar el silencio blanco de aquella mañana en la finca de las mujeres de la familia Medina.

Agradecimientos

Las mujeres de la familia Medina no es una historia autobiográfica, aunque podría; no es una historia de amor al uso, aunque también podría, y como ocurre tantas veces con las historias que los escritores tenemos la suerte de encontrarnos, este libro no sería el que es si no fuera por el puñado de personas que lo han influido de una manera u otra.

Por eso y por más, a todos ellos van estos agradecimientos:

A mi madre la primera, quien me inculcó el orgullo por mis raíces, por mis tradiciones y por mi tierra. Porque dicen que los escritores debemos escribir cada libro con un lector en mente. Pues bien, mamá, esta historia la he escrito pensando en ti de principio a final, es tuya entera.

A mi padre el segundo, porque aún trato de impresionarlo y eso me obliga a ser mejor. Papá, este libro habla de ti más que de nadie. Me hubiera gustado que lo leyeras.

A mi tía Concha, que en medio de la tormenta encontró fuerzas y generosidad —puesto que las dos le sobran— de enviarme un libro llamado *El habla andaluza de Dos Hermanas*, que ha resultado ser un verdadero tesoro.

A todas las amigas que tuve y tengo aún en mi pueblo: a Eli, a Ángela, a Irma, a Desirée, a Luci, a Laurita, a Mari Ángeles y a otras muchas. Algunas se sorprenderán de leerse aquí, pero todas forman parte de la memoria de las mujeres de la familia Medina, que no es más que la mía propia.

A las profesoras y compañeras que tuve en Entreolivos, mi colegio, del que no hace falta explicar mucho porque solo su nombre ya explica media historia.

A mi hermano Ale, que se va a leer este libro.

A mi hermano Jose, que ha contestado con paciencia cada una de las mil dudas sobre mi pueblo.

A todas las mujeres con las que trabajo —las compañeras, las alumnas y las clientas—, que son mujeres valientes, y que cada día me enseñan mucho más de lo que yo lo hago con ellas.

A Ana, mi agente, porque hay algo mágico cuando dos personas conectan y eso nos ha sucedido a nosotras.

A Nerea, mi editora, extraordinaria novelista. Que ha seguido su intuición al creer que esta historia merecía la pena.

A Carmen Gómez Valera, porque he leído y releído su libro *Historias de Dos Hermanas: Historias, rincones y leyendas* mientras escribía este, y que además de estar lleno de datos interesantes sobre mi pueblo, está deliciosamente escrito.

A los que me siguen en mi web www.mariafornet.com y en mis redes sociales, a los que leen con gusto mis libros, quienes me acompañan cada día en mis aventuras, los que siempre tienen comentarios de aliento, me mandan cariño y hacen que siempre me sienta querida. Gracias por esa gran familia que formamos, que una escritora sin lectores no es más que humo.

A toda la gente de mi pueblo que, al saber que andaba tejiendo esta historia, ha tenido la generosidad de enviarme fotografías, recortes, recuerdos que pudieran, de una u otra forma, contribuir a hacer de *Las mujeres de la familia Medina* algo mucho más vivo de lo que sin todas sus aportaciones hubiera sido.

A ti, que no solo has leído este libro, sino que has seguido conmigo hasta llegar aquí. Porque has llorado y reído con Manuela como yo lo he hecho; porque ahora llevas en el corazón un trocito de mi pueblo como lo hago yo.

A todas las mujeres, en especial a las andaluzas, en especial a las nazarenas, en especial a las de mi familia.

Gracias a Ana y a Blanca, mis Dos Hermanas: porque han sido mis madres, mis amigas, mis compañeras de batallas. Porque son la tierra que piso y el árbol que siempre me da cobijo.

A mi niño Santiago, del que aún no sabía cuando tracé esta novela, pero que escribí ya con la idea de él muy presente. Hijo mío, de algún modo esta es tu historia. No la olvides nunca.

Y a Gonzalo, que me ha visto desfallecer con este libro una y mil veces. Que me ha obligado a no abandonar, me ha recordado todo lo que olvido cada cierto tiempo y ha tenido claro que lo conseguiría cuando yo aún no sabía si lo podría hacer. Justo como hace siempre.